読書で離婚を考えた。

円城 塔　田辺青蛙

幻冬舎文庫

これは、夫婦がお互いを理解するために
本を勧めあった格闘の軌跡である。

《ルール》

i 相手に読ませたい本を指定する。

ii 指定された課題図書についてのエッセイを書き、次の課題図書を指定する。

iii iiを繰り返す。

・細則

01 課題図書は自分で読んだことのある本でなければならない。

02 課題図書は紙の本でなければならない。文字の有無、絵、写真の有無は問わない。

03 課題図書は入手が容易な本でなければならない。

04 シリーズものは、シリーズ中一冊を指定しなければならない。

05 分冊ものについては程度を考えなければならない。

06 課題図書には短編集の中の一編など、本の一部を選んでもよい。

07 課題図書をウェブ掲載以前に相手に知らせてはならない。

08 課題図書は読み手が自分で入手しなければならない。

09 エッセイの内容について家庭内で相談してはならない。

10 締め切りは守らなければならない。

目次

本文イラスト　唐沢なをき

夫　円城　塔（えんじょう・とう）　**作家**

1972年北海道生まれ。東京大学大学院博士課程修了。2007年『Self-Reference ENGINE』「オブ・ザ・ベースボール」でデビュー。2012年『道化師の蝶』で芥川龍之介賞受賞。2014年『Self-Reference ENGINE』でPhilip K. Dick Award, special citation受賞。2017年『文字渦』で川端康成文学賞受賞。現在大阪に作家の妻と在住。

妻　田辺青蛙（たなべ・せいあ）　**作家**

1982年大阪府生まれ。オークランド工科大学卒業。2006年第4回ビーケーワン怪談大賞で「薫糖」が佳作となり、『てのひら怪談』に短編が収録される。2008年「生き屏風」で、第15回日本ホラー小説大賞短編賞を受賞。現在大阪に作家の夫と在住。夫とのアメリカ旅行記&エッセイ集の『モルテンおいしいです^q^』（廣済堂出版）刊行。怪談と妖怪ネタを常時募集中。

読書で離婚を考えた。

第1回　読みますか？　読みませんか？

田辺青蛙

たまに夫婦でイベントや書き物の仕事依頼が舞い込むことがあったのだけど、夫が今までＯＫの返事を出したことはなかった。

理由を聞くと、夫婦漫才になりそうだから嫌だとか、なんとなくというような答えが返ってくることが多かった。

だが、ある冬の夜更けに部屋で本を読んでいるうちにこの連載のコンセプトがどこからともなく出てきて、お互いに本を紹介しあう企画連載をしようじゃないかという話となった。

今までずっと、私と一緒の仕事をすることに抵抗があった夫にどういう心境の変化があったのかは、私には分からない。

作家なのに、本をあまり読まない私の気を変えたかったからか、それとも単なる気まぐれな思いつきか。

夫の気が変わらないうちに早くしなきゃ！　ということで、その日のう

――理不尽な目に遭うに決まっているから。

ちに幻冬舎さんにいきなりこんな企画どうですかね？　というメールを送ってみた。

急に夫婦の思いつきが書かれた、企画書のメールをもらった幻冬舎の編集者さんはどう思ったのだろうか。

ちなみに幻冬舎にメールを送った理由は、以前ウェブマガジン幻冬舎の福澤徹三さんの連載が面白かったからなのだが、まさかそれが形となってこうやって第1回を掲載してもらえるとは思っていなかった。

12月に一度、編集者さんを交えて連載開始前に打ち合わせを行った。場所は大阪市内の喫茶店で、夫と私と編集者さんの3名。

まず最初に、何故この企画を思いついたのかということと、この連載のコンセプトは何かということから話が始まった。

「お互い本を勧めても読まないんですよ。私の人生を変えるような一冊であっても、相手がフーンだったりするし、例えばSFってジャンルも私はパトリシア・A・マキリップとかタニス・リーとか読むんですが、夫はその辺りにはあまり触れないんですよね。夫がよく読んでいるようなハード

福澤徹三さんの連載は『怖い話』（幻冬舎文庫）として発売中。著者本人が「怖い」と感じるものについてのエッセイ。でも読んでいると何故か笑ってしまった記事もありました。怖い話は突き詰めると笑いに転化するのかも知れません。

読書の趣味は全く合いません。タニス・リーの『銀色の恋人』なんか私が大好きな作品なのに、夫に勧めても表紙のイラストを茶化されて終了だったりします。許せん！

ＳＦは敷居が高いような気がするし、イーガンやボルヘスとかピンチョンとかは私にとっては背表紙を眺めるものだったりします。

本棚を見るとお互いの人柄が分かるなんて話がありますが、うちは壁の前に本棚がバーンとあって、右と左の半分半分で分けているんですよ。私の方は妖怪とか呪いの本だとか、怪談やルポルタージュ作品、実際の事件を基にして書かれた『黒い報告書』のような作品や幻想怪奇小説が多くて、夫の方はＰＣ関連の専門書や物理、数学の本、料理や手芸本、漢文や歴史書に洋書と、なんか見ると胃の辺りがシクシクと痛くなってくるようなもんばっかり並んでいるわけですよ。で、お互いにその中からこういうの読んで面白かったよと話しあううちに、なんとなく本を勧めあって読書感想文を交換しあえないだろうかみたいな企画がポンと頭から飛び出てきたわけです」

私がこう言うと、夫から君も料理本くらいは本棚から取り出していいんじゃないだろうか、テーマは読書を通じて相互理解は可能かということで、どうだろうという意見が出た。

「じゃ、テーマは『夫婦の相互理解』ということで決定しましょう。相手

黒い表紙が何かいっぱいあるわー。難しそうー。（素朴な感想）

雑誌の特集で小説家の本棚が取り上げられることが多いけれど、みんな、なんであんなに美しく整理整頓が出来ているのでしょうか。私の本棚は見るからにダメ人間を具現化したような並びになっており、本のサイズもジャンルもバラバラです。

にお勧めする本のルールとかは予《あらかじ》め決めておいた方がいいですよね？」

「そうですね。まず手に入れにくい本はやめましょう」

「絶版本とかは有りにしますか？」

「とりあえずネット書店も含めて、相手に勧める前に在庫を確認してからにしましょう。それとジャンルは固定にしますか？　写真集や絵本や漫画も入れてしまいます？」

「ジャンルは絵本や漫画や写真集も可にしちゃいましょう。詩集や歌集もOKってことで」

「じゃ、例えば私が夫に宮沢りえの写真集の『Santa Fe』①を選んでレビューを頼んだりしてもいいんですよね？」

「あら、懐かしい。『Santa Fe』って今、手に入れやすいんですかね？」

「今iPhoneからAmazonで調べてみたらユーズド価格700円からで在庫も数十冊ありましたよ」

「いきなり写真集？　まずルールを決めてリスト化しません？　妻なら『こち亀』②の既刊全部とか勧めかねないし、それで僕が選んだ本は読まずにタイトルだけで推測レビューを書きかねない」


料理本を眺めるのは好きです。でもそれを見て、料理を作るのは苦手なんです。クックパッドなんかもじっと見ているだけで幸せになれます。

①１９９１年に発売された篠山紀信撮影による写真集。当時、爆発的なヒットとなった。

②秋本治による漫画『こちら葛飾区亀有公園前派出所』。全２００巻。

「そんなことないですよ」

「声が裏返っていますよ、田辺さん」

そんなこんなの打ち合わせの後、この連載のルールの一覧表が出来た（4〜5ページ参照）。

最初の本選びは私からとなり、本当に夫には何を選んだのかを事前に知らせていない。

今年（2015年）は未年なので、羊にちなんだ本ということで『羊たちの沈黙』にしようと最初は思っていたのだけれど、折角夫婦で初の共同連載なのだし、憧れの気持ちもあり夫婦で作家の方の作品を選ぼう。

私も夫も遠く及ばないけれど、作家の吉村昭[※1]と津村節子[※2]ご夫妻の作品のうちで、私が好きで今までに何度も読み直してきた一冊にしたい。

夫の実家に行く度に熊の話が出るので津村節子の夫、吉村昭の『羆嵐《くまあらし》』に決めた。

私はずっと関西の人間なのだが、夫の生まれは北海道の札幌で、実家の近くに熊が出て、目がライトに照らされて青く光る話や、夫の友人が働く

本当にお互いに知らせず、ウェブに掲載されてはじめて見る形で進んだ。おかげで締め切りがかなりきつくなって難渋した。課題図書を知ってから、返事を書くまで2週間しかないのである。もっとちゃんと考えよう。

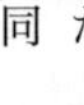

※1　吉村昭……1927〜2006年。小説家。

※2　津村節子……1928年〜。小説家。

学校の近くを熊が悠々と歩いていた話を聞いた時は驚かされた。

そして何故か我が家ではよく熊害の話題が出ることが多い。もし、熊に襲われたらいかにして我が身を守るか、まず熊に出会ったら何をするべきか等の話をすると熱中しすぎて、かなりの時間が経っていることさえある。

さて、夫からの感想文はどんなものだろう。

読者としても書き手としても楽しめそうな企画なので、長く続けていけると嬉しい。

妻から夫への一冊　『羆嵐』吉村 昭

第2回　クマと生きる

円城塔

課題図書……『羆嵐』吉村 昭

課題図書は『羆嵐』ということなので、入手は簡単。ある程度の大きさの書店へ行って新潮文庫の棚を探せばまあ、あるでしょう。

ただちょっと困るのは、表紙が怖いわけですよ。新潮文庫の『羆嵐』は。この表紙のせいで今まで読んでいなかったと言っても過言ではない。かも知れない。

でも今ならもしかして、『ユリ熊嵐』※3コラボカバーとかになっているかも知れないと——まあ、そんなことはないですね。人食い熊がしっかりこちらを睨んでいます。これはあの、「もともとはスイス土産だったはずな

『羆嵐』吉村 昭（新潮文庫・1982年）

※3 『ユリ熊嵐』……幾原邦彦監督によるアニメ作品。2015年放送。小説版、漫画版もあり。

のに、いつのまにか北海道名産ということになっている木彫りの熊なのだ、木彫りの熊」と自分に言い聞かせてレジへ持って行きます。

「カバーおかけしますか」

「(いつもより強い調子で) はい」

ということで『羆嵐』です。ちなみに「羆」の字はヒグマ。『熊嵐』ではありません。クマによる被害を熊害と呼ぶことがありますが、その場合の読みは熊害《ユウガイ》。熊の音読みがユウだからで、羆の音読みは「ヒ」です。ヒガイとはあまり言わないですね。「熊」や「羆」の字をじっと見ていると、「灬」の部分が足みたいに見えてきてかわいい。

あらすじ。

大正4年冬、苫前《とままえ》郡の三毛《さんけ》別《べつ》六線沢の山深い開拓地に、一頭の羆が現れた――。

といったところで、ほとんど内容としては全てです。この小説はいわゆる三毛別羆事件に取材しており、お話もほぼ世に知られる事件のとおりに進んでいきます。札幌丘珠事件、福岡大学ワンゲル部・羆襲撃事件などと

スイス土産だったんですか!? うちの実家にもありました。そういえば家には無いですね。よし! 次、北海道に行った時に買います!

1915年12月9日から12月14日にかけ、六線沢の民家を羆が襲い、8人が死亡した事件。

並んで有名すぎる獣害事件です。誰でも知っています。知らない者がいようか、いやいない。

羆が人を襲います。嵐のように襲うので羆嵐——というわけではありません。もっと哀しい謂れがあります。

三毛別羆事件から今年（2015年）でちょうど百年経ちますが、北海道では今でも市街地に羆が出没することがあります。むしろこの頃、増えてきました。そのたびごとに他の地方からは、「羆と共生できないものか」「羆を撃ち殺すのは人間のエゴ」といった意見が上がるようですが、「一度、人間の食べ物（もしくは人間）を食べてしまった羆との共存は無理」

というのが正直なところです。人間の居住地を拡大したせいで羆の住処《すみか》が縮小している、羆の縄張りに先に入り込んだのは人間の方である、羆嵐は特殊な例、というのはその通りなのですが、無理なものは無理、と北海道で育った僕などは思うわけです。

小学校あたりで習いますからね。「死んだふりは無駄」「木に登っても駄目」「羆に取られたものを取り返そうとしてはいけない」「背中を見せたら死ぬ」「出会わないのが一番」など。

もし出会ってしまったらどうすればいいかというと、「目を睨んだままじりじりと後退しろ」と無茶なことを言われた記憶があります。あと、「羆は前足が短いから下り坂が苦手である。どうにもならなくなったら下り坂を逃げろ」とも言われました。ほんとかどうかは知りません。自分の場合、ごくごく素朴に、「羆と出会ったら死ぬ」という感覚があります。月輪熊とはワケが違います。

というわけで、釧路湿原あたりに旅行にでかけ、遠くに羆が見えたからといって餌をあげようとしたりするのは本気でやめてください。死ぬから。周辺住人を巻き込んで死ぬから。

と、誰もがみんな概要は知っている三毛別羆事件、こうして改めて読んでみて驚いたのは、小説の力と呼ぶべきもので、淡々とした筆致がもたらす緊張感や、厳冬の北海道の身を切る寒さなどがそれはもうひしひしと伝わってきます。ちょっと映像を見ているのか字を読んでいるのかわからないくらいの臨場感です。事件の時系列も、誰が死ぬのかもだいたい知っている。それでも新たな体験として目の前に現れてくるわけです。

知っていることと実感することは違います。そういう意味で、ほとんどノンフィクションのような吉村文体は、自然現象としての出来事を血をかよわせている人間の話にしているということができそうです。年表の上のただの名前が息づく人間に生まれ変わるとでも言うべきでしょうか。

今ここで、吉村文体と呼びましたが、一見、最小限の事実を淡々と連ねていくだけに見える、とても不思議な文体です。この文体にしてノンフィクションではないというのが面白いところで、よくよく考えていくと語り手が誰なのか謎であり、誰の客観性なのか不思議な気持ちになってきます。かといってノンフィクションを偽装した小説と言うのも違う気がする。僕の中では、堀田善衞[※4]と並んで二大謎文体ということになっています。

細かなところに色々アレンジが加えられていることが知られています。

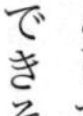

※4 堀田善衞……1918~1998年。小説家、評論家。

夫の実家に初めて行った時も、クマの話題が普通にたくさん出てきて驚きました。札幌の住宅地の中にクマが出る!? と驚きましたが、話している当人は割と日ハムの試合結果でも話すように淡々としていたのが印象的でした。

羆となるとつい過剰に話し出すのが北海道の人ですが、そのくらい日常的で自然な相手なのです。

だから、居間の中央に（妻の）ジーンズが抜け殻のように脱ぎ捨てられているのを見ると、ああ、熊害……と思いますし、廊下に（妻の）靴下の片一方だけが落ちていたら、ああ、熊害……と心の中でつぶやくことになるわけです。冷蔵庫の中の常備菜が何か（スプーン）で抉《えぐ》りとられたようになっているのを見ては、ああ、熊害……と、半開きのままのドアにカーテン、つけっぱなしの明かりにでくわすたびに、ああ、熊害……と浮かびます。夜中にガサガサと物音がすると、ああ、冷蔵庫を漁っているのだなと、そして翌朝、流しの中でひからびている皿とスプーンを観察しながら、ふむ、昨夜はなにになにを食べたのだな、と推理してみることになります。妻の姿が見えないと、布団の温度を確かめてみたりしますね。

うむ。まだ遠くへは行っていない。近くにいる。

というわけで、これまで妻との仕事を断り続けていたのは、何か理不尽な目に遭いそうだからとか、生活との切り分けができないと喧嘩になるからとか、相手の分まで仕事をさせられそうだからとか色々理由はあるわけ

それ、我が家に住み着いてる妖精だか妖怪だかの仕業らしいですよ。

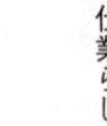

ですが、一番はやっぱり、

「羆と仕事はしないだろう」

ということですね。こう言うと、「お前はどうして羆と結婚したのだ」と妻に詰め寄られたりするわけですが、単純な質問にいつも単純な答えがあるとは限りません。まあ、このくらいお互いの作業が分離している仕事だと平気なのではないでしょうか。

さて、次回の課題図書ですが、そうですね。リアルすぎる熊に震え上がったところで、テリー・ビッスンの「熊が火を発見する」でどうでしょう。手近なところでは、「奇想コレクション」の『ふたりジャネット』に入っていたはず。

と書いてふと思いましたが、こういうところが僕があまり売れない理由なんじゃないでしょうか。連載的には、『きまぐれオレンジ☆ロード』[①]第1巻とかにするべきなのでは。

いやあ、でも、『羆嵐』なら「熊が火を発見する」でしょう。うん。

わしはこういう風にしか生きられん駄目な男や、許してくれ、かあちゃ

—身近な異類婚姻落ち。

—そんなことはなかったですね。

①まつもと泉による漫画。『週刊少年ジャンプ』に1984～1987年掲載。不良（に見えるが実はそうでもない）少女と超能力を持つ少年というフォーマットは後世に大きな影響を与えた、ような気がする。

ん。と謎方言になりつつ、では次は、「熊が火を発見する」で。

夫から「熊が火を発見する」テリー・ビッスン
妻への一冊（『ふたりジャネット』所収）

第3回 大阪良いとこ一度はおいで

田辺青蛙

課題図書……「熊が火を発見する」テリー・ビッスン
(『ふたりジャネット』所収)

夫からの課題図書は「熊」と「作家の夫婦」の作品ということで佐藤友哉[※5]の『デンデラ』[※6]が来ると思っていたのだが外してしまった。

まあ、本を選ぶ基準は相手から指定された本からの連想でというルールはないので、勝手な思い込みによる予想だったが、熊に関連したものを選んだという点では当たっていたので良しとしよう。

『ふたりジャネット』(テリー・ビッスン、中村融訳)に収録された短編「熊が火を発見する」のレビューを書く為に、近所の書店に向かったが在庫はなかった。

『ふたりジャネット』テリー・ビッスン(河出書房新社・2004年)

※5 佐藤友哉……1980年〜。小説家。

※6 『デンデラ』……佐藤友哉による小説。新潮社。2009年。

仕方なく電車に乗って幾つかの書店を梯子《はしご》して回ったのだが、そこでも本を発見することが出来ず、仕方なくオンライン書店を頼ることとなってしまった。

最近、翻訳本が売れないという記事をどこかで見かけたので、書店も扱う数を減らしているのだろうか。

海外の小説は国内の作家が書いたものとはまた違った味わいがあるので、勿体《もったい》ないと思うのだが、アメリカでも翻訳小説は、売り込みが難しいというような話を書店員から聞いたので、どこの国でも似たようなことが起こっているのかも知れない。

数日後に、郵送で届いた本を手に取り課題となっている短編を読んだ。

窓の外を見ると、寒波襲来の影響で大阪にしては珍しく雪がチラついている。

「熊は火を発見する」を読むにはこういう天気の日がなんとなく相応《ふさわ》しいような気がした。

主人公の語り手は、アメリカのどこにでもいそうな少し生きるのが不器

この連載が終わるまでに近所の書店が4店舗ほど無くなってしまった。店主の皆さんに話を伺うとアマゾ●を理由に挙げる人が多かったです。これからはなるべく地元書店で本を買うようにします。オンライン書店も便利ですが、実際に手に取って見られる書店も必要だとよく感じるようになりました。

用そうな中年男で、ある日牧師をしている弟の子供を車に乗せて州間高速を走っていたのだが、タイヤがパンクしてしまう。

仕方なく車を分離帯に移動させてタイヤを交換していると、松明《たいまつ》をかかげた2頭の熊に遭遇してしまった。

どうも熊が火を発見したみたいなのだ。

熊達は火を熾《おこ》し、冬眠しないで過ごすことに決めたらしい。

淡々とした調子で物語は進んでいき、熊はまるで景色のような存在で居続ける。

事前情報無しで読んだので、火を持った熊がいつ襲いかかってくるのだろうと思いながらページを捲《めく》ったのだが、最後までそんなシーンは無かった。

全米が熊の持つ炎によって燃え盛り、その合間を逃げ惑う人々。熊の餌食となった人の悲鳴を背にショットガンを持ち立ち向かう主人公。そんなストーリーをイメージしていたのだ。

語り手の母親が老人ホームから抜け出し、火を扱う熊達と共に夜の森で過ごすシーンで、流石《さすが》にこれはホラー的な展開にはならないだろうと思ったが、もしかすると急に流れが変わって惨劇が……というようなことは起こらなかった。

美しく静かで平和でどこか物悲しい短編で、読み終えた後に私は、作中に出てくる熊が好みそうな味のニューベリーとやらを口に運んでみたいと思った。

多くの感想を語ってもこの短編の持つ独特の味わいを他人に伝えるのは難しそうだと感じたので、この話に興味を持った人は本を手に入れて読んでみてもらいたい。

さて、夫への本を選ばなくてはならない。私が相手に読ませたいと思うのはなんだろうと自分の書架の前に立って考えた。小説、エッセイ、写真集、絵本、漫画etc.…色んなタイトルが目に飛び込んでくる。

その中の1つに目が留まった。そうだ、今相手に読ませる本はこれにしようと決め、スッと一冊を抜き取った。

『VOWやもん！　大阪周辺のオモシロ物件採集レポート』（吉村智樹[※7]と仲間たち編著、宝島社）

―ならないよ。そんなの。

※7　吉村智樹……1965年〜。放送作家、フリーライター。

うちの夫は時々私が密かに大阪酔いと呼んでいる症状に苦しむことがある。

それは説明のつかない大阪的な場所や、大阪の隙間に存在する魔空間と接触した時に現れる症状で、動悸と息切れ、眩暈《めまい》、汗なんかが出てくるらしい。

例えばうちの近所にあるスーパーは夕方になると「イッツ・ア・スモールワールド」の曲が流れ始め、それに合わせて店長が河内弁で、お勧めの商品と既に売り切れてしまった商品のアナウンスを始める。

そこのスーパーは2階が空手道場となっており、店内を道着姿の小学生がぞろぞろと歩きながら「妖怪ウォッチ」の話などをしていた。

道場では、空手以外の教室も行っているらしく「奥さん吹き矢をぴゅっと吹いてみぃひん?」と書かれた「吹き矢教室」の張り紙があったりする。

夫はここのスーパーに入った途端、大阪酔いの症状に襲われた。

関西には、道場を兼ねたスーパーや市場が多いのか、日本一長いといわれる天神橋筋商店街の一角にも1階や2階は食料品店が並んでいるのだが、

大阪に移って来てもう5年以上も経つというのに、未だに時々この症状に襲われています。もしかすると一生治らないのかも知れません。

何故か3階にはボクシングジムという建物が存在する。他にも「ねじ式」の世界を連想させる石切の商店街や「あそこ」と書かれた黄色い提灯《ちょうちん》の下がった店の横に「ＥＸＩＬＥの元気玉あります！」の張り紙のある商店街もあって、迷い込んでしまった夫はやはり大阪酔いの症状に苦しんでいた。

　夫は北海道の札幌で生まれ育ち、大学時代は仙台や東京にいたらしい。それから研究者としてあちこちを流離《さすら》った後に、東京都内に腰を落ちつけたそうだ。

　その頃に私と出会い、数年後に結婚した。

　私は当時京都に住んでいたのだが、仕事の関係で大阪に引っ越した。

　最初のうちは東京と大阪で別々に住んでいたのだが、半年後、流石に一緒に住まないかということになった。

　私は職場が大阪ということもあり関東圏に住む気がなかったので、夫の方が大阪に移り住むことになった。

　夫は昔京都の大学に勤めていたことがあったとかで、大阪に来るのは初めてでは無かったようなのだが、引っ越してきたばっかりの頃は色々とカ

——これけっこう、僕の話じゃなくて君の話だよね。

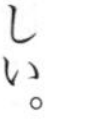

——そうかなぁ？

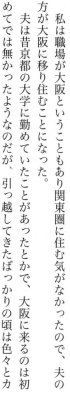

ルチャーギャップに苦しんでいた。

関西の外から来た人間にとって、どうやら関西弁はちょっとおっかなく聞こえてしまうものらしい。

親切な私は大阪に来たばかりの夫に「ひらパー」[①]や「ひらパー兄さん」[②]が何であるかとか「放出」[③]を何と読むか等を教えてあげた。

夫も今はカタコトの関西弁を操り、グランシャトーの「京橋はええとこだっせ～」の歌を聞きながら散歩を楽しみ「もうあかん！やめます！」の看板が目印の閉店セールをウン十年続けている靴屋[④]の周辺を自転車でスイスイと進みながらツイッターで散歩の様子を呟いたりしている。

だがもう大阪酔いの症状が出なくなったかというとそういうわけでもないらしく、個人的には夫にはもっとコテコテになってもらいたいと思っている。

あと、私は小学生の頃から「ＶＯＷ」のシリーズを愛読しているのだが、夫は勧めてもなかなか読んでくれない。だからこの連載をきっかけに読んでもらい、「あれ、『ＶＯＷ』に載せてもらえそうな物件やと思わへん？」「そうやなあ」というような会話を交わしながら散歩を楽しみたいと思う。

---

①「ひらパー」ひらかたパーク（通称：ひらパー）は、京阪レジャーサービスが運営するテーマパーク。入園者数は、ユニバーサル・スタジオ・ジャパンに次いで、大阪府下第２位の遊園地。

②「ひらパー兄さん」は、「ひらかたパーク」のイメージキャラクター。初代は小杉竜一（ブラックマヨネーズ）、２代目は岡田准一（Ｖ６）が務めている。何故か２代目になってからパロディ広告のポスターが作られるようになり、何かと関西では話題となっている。

③「放出」は、「はなてん」と読みます。

さあ、…きこえますか…きこえますか…夫よ…あなたの妻です…今…あなたの…心に…直接…呼びかけています…もっと大阪に染まるのです。染まるのです。

分かりましたか？

妻から夫への一冊　『VOWやもん!』吉村智樹と仲間たち

④20年以上も閉店セールを続けていたが、2016年2月20日本当に閉店してしまった。しかし2016年4月に「シューズショップもうあかん」としてネットショップで復活。

第4回　まだ間抜けじゃない

円城塔

課題図書……『VOWやもん！』吉村智樹と仲間たち

「VOW」です。くると思っていました。嘘です。これが予想できたらおかしな人でしょう。

それはともかく、誰しも投稿していた知人がいるんじゃないでしょうか。

調べてみると、関西版「VOW」の第三弾ということで、『VOWやねん！』『VOWでんがな』『VOWやもん！』というシリーズみたいですね。

えーと。

直接店頭で見つけられる自信がないので、ネットで在庫をきいてみることにします。こういうときにはとりあえず、MARUZEN&JUNKU

『VOWやもん！ 大阪周辺のオモシロ物件採集レポート』吉村智樹と仲間たち（宝島社・2007年）

ＤＯネットストアで検索をかけて——と、別にどこのサイトでもよいのですが、やっぱり実店舗の在庫を横断的に表示してくれるところが便利ですね。ただ、一旦検索窓まで行く必要があるのはちょっとどうなのでしょう。書籍名で検索するととりあえず上位にその書籍の販売ページを直接押し込んでくるＡｍａｚｏｎの存在感はやはりどうしようもなく大きい。

さて、関西圏では、ＭＡＲＵＺＥＮ＆ジュンク堂書店梅田店、ジュンク堂書店大阪本店、ジュンク堂書店梅田ヒルトンプラザ店（２０１８年２月閉店）の三軒に在庫があるとのことです。検索した時点では。あれ。大阪にしかないの。京都には、神戸には、とまあ、大阪の人が思うほど、他の都道府県の人は大阪を気にしていないと思うわけです。ついでに、関西以外ではあまり知られていないことですが、京阪神はそれぞれ仲があんまり良くない。などなど考えながら。今回はジュンク堂書店大阪本店で購入しました。

あらすじ。

同僚の裏切りにより東京を追われた主人公のＶＯＷは、大阪の下町にた

現在は、ハイブリッド型総合書店、honto に統合された。ついてはウェブページや携帯アプリの使い勝手も向上したので、以下の数行は過去のものとなった。

どり着いた。傷ついたＶＯＷを助けた下宿屋の娘は、真面目に働くＶＯＷの姿に徐々に心惹かれていく。しかし、ＶＯＷを裏切った男の手は大阪にも伸びてくる。今度こそ愛する者を守り切ろうと斧を片手に立ち上がるＶＯＷ。今惨劇の幕が上がる——。

という本では全然ないわけですが、「ＶＯＷ」がどんな本かを説明してもまあ仕方がないでしょう。街角面白画像本です。今のところ、自力で見つけることのできた大阪でのＶＯＷ的物件は、北新地で見かけた「京風イタリアンちゃんこ鍋」の看板ぐらいですか。うん。もう一歩。

本を手にして湧き起こるのは、ああ、このカラーリングは妻の本棚の配色……という感覚です。本棚を見れば人がわかると言ったりしますが、世の中には本を大きさに従って並べたり、色によって整理してみたり、まあ様々な人がいるわけです。背表紙の字を読まずとも、棚の色合いでけっこうわかることもあります。青背（ハヤカワ文庫ＳＦ）とか、銀背（ハヤカワ・ＳＦ・シリーズ）とか色名で呼ばれているものもあったり。

見える、見えるぞ。この配色は、小学校にあった、（ちょっと隔離されている）学級文庫。何かそういうものが思い出されるので、わりと苦手な

もっと見つけている気がする。ツイッターで時々大阪で見かけたものを紹介していますよね？

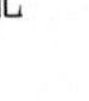

配色です。僕はあれですね。心霊写真とか、怪奇系の絵とか、見えないように伏せておきたい派です。人の顔が大写しになっている表紙なんかも駄目です。外で見かけるぶんには平気ですが、家の中だと裏返します。結婚当初は、妻がそういう表紙の本を机の上に置いたりするのを、嫌がらせなのかもと疑ったりもしていました。

別に「VOW」は怖い本じゃないので楽しく読むわけですが——ページをめくっていくにつれ、これはどこまで続くのか、という不安に襲われたりもします。たとえば、蝶やクワガタなんかが相手だと、分類をしたりしますね。でもVOW的なものはどうやって分類するのか、その分類は尽きることがあるのかと、体がぞわぞわしてくるわけです。永遠に集め終わることのできないものを収集し続けるような感覚でしょうか。そういうのっぺりとどこまでも広がるものがすごく苦手なのです。人生がいくらあっても足りない気分になってきます。

昔、物理学をかじっていたせいかも知れません。ひどくざっくり言ってしまえば、物理学ではいくつかの法則さえ見つけてしまえば、あとはその組み合わせで万事が説明できるという見方をします。いくつかの簡単な法

終わりのないものを集める楽しさというのが、理解出来ないという点が私と夫の大きな違いで、未だに妥協点を見つけられないでいます。怪談やネットロア、妖怪の話やUFOの目撃談とかを集めるのが好きでしょうがないんですが、そういう私の姿を見る夫の視線は基本、冷ややかです。

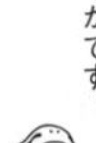

則から、この宇宙はできている、らしい、という考え方です。らしい、というのは、それはひとつの世界観で、原子や分子に物理法則を適用できたからといって、人間や社会といった現象を考えるのに適切な語り口かどうかはまた別の問題だからです。

実際のところ、宇宙は別に、人間には見えないところで神様が回しているのかも知れず、象がかついでいるのかも知れず、人間の頭では理解しきれないような無数の法則の織り目でできているのかも知れなくて、そもそも法則なんてないような現象ばっかりだったりするかも知れないわけで、梵天の夢かも知れないわけです。

というわけで、僕は事物がひたすら並んでいるものにすごく弱いのです。とっかかりが見当たらなくて、こう、流砂に呑まれているような息苦しさに冷や汗も出ようというものです。しかも笑いというのは特に分類が難しい対象で、何かを言うことがとても難しい上に、言ったとしてもつねに反例がでてきたりします。そういうものを見続けていると混乱する、というか、酔ったようになってきます。

どうも世の中、筋道の立てようもなく雑然として混沌としたものがほと

こういう考え方が、未だに理解出来ないでいます。理屈が分かっていることの方が少ないですし、よく分からないけれど、そうなるんだということで、それ以上のことを考え続けると、それこそ無限の時間が必要な気がします。

んである——とわかってきたのは、ついこの頃のような気がします（ま、結婚以来ですかね）。世の中、全然きちんとしていない。もっと頑張れ、物理法則とか論理とか整合性とか。

　ボケに突っ込み切れると思ってはいけない、ということでもあります。正気でいると突っ込み疲れるナチュラルボーン・ボケ宇宙に僕たちは住んでいて、真面目そうな顔をしていられるのは、突っ込み疲れて頭が麻痺しているだけなのでは、と思ったりもするわけです。

　ちなみに僕が一番関西、というか大阪を感じるのは、サンフランシスコ周辺だったりします。大阪じゃないじゃん、というか日本じゃないじゃん、という話ですが、別に日本人街に限らず、あの気だるさとわけのわからなさは想像を絶するものがあります。シリコンバレーがどうとか言いますけどね。大阪を超えるいい加減さ。大阪を超える適当さ。自由すぎ。

　あるときサンフランシスコでバスに乗ったときのことですが、このバス、高級住宅地から、イタリア系の多い地域、日本系の多い地域、アフリカ系の多い地域、スペイン系の多い地域、と順に走っていきます。そこで乗り

この辺りのことは拙著『モルテンおいしいです^o^』（廣済堂出版）にも載っています。

muniの22番。マリーナからミッションへ抜けていく。本屋（ボーダーライン・ブックストア）に通うのに使っていました。

込んでくる全員が、老若男女を問わず、「自分の青春時代に流行っていた恰好」をしているわけです。滅茶苦茶です。突っ込みきれない。あの光景を撮影したら、もっとちゃんと時代設定しろと怒られそう。

　実は、世界のほとんどは大阪的なものでできていて、日本の大阪はその中でもわりと正気な方なのでは、と睨んでいます。東京とかニューヨークは違うわけですが、そっちの方が多分例外。ローマだって別にちゃんとはしていないですからね。あ、寒い地方は違います。寒いところは「真面目にやらないと死ぬ」のでわりと整然としています。整然と奇妙です。マサチューセッツ州生まれボストン（寒い）在住の知り合いも言っていました。「暖かい地方の人間はなにか変だ」って。

　そういう視点でこの関西版ＶＯＷを見ていると、大阪はまだまだ行けるはずという気がしてきます。大阪はもっと適当でいい。自分のことを馬鹿だと言っているうちはまだ馬鹿じゃない。自分は馬鹿じゃないと真顔で言い出すくらいにならないと、世界的な間抜けさに負けてしまうのではと不安になってきたりもします。この本を北米西海岸に行く前の心の準備に使うのもよいかも知れません。

また別の知り合いはこう言っていました。「日本にくるまでは、自分はちゃんと暮らしていると思っている。でも日本にくるとそうではなかったのだとわかる。しかし帰るとまた忘れてしまう」

北国の人間が生真面目すぎるのでしょう。飲み会ではぐれてしまったら死ぬ話とかなんってことないように話していましたが怖すぎる！　冬や寒さに対して常に備えて危機意識を持ってないと即＝死という世界だそうです。

さて次回ですが、どうも殺戮《さつりく》が期待されているようなので、そうですね。タイトルからは絶対内容を想像できない『血みどろ臓物ハイスクール』[※8]とか。ちょっと違いますね。ジョー・ヒルの「蝗《いなご》の歌をきくがよい」（『20世紀の幽霊たち』所収）あたりですか。でも、『20世紀の幽霊たち』からならやっぱりこっち。「ボビー・コンロイ、死者の国より帰る」。一応、血みどろではある。

夫から妻への一冊　**「ボビー・コンロイ、死者の国より帰る」**
ジョー・ヒル（『20世紀の幽霊たち』所収）

※8　『血みどろ臓物ハイスクール』……キャシー・アッカー著、渡辺佐智江訳。白水社。1992年。

ある朝目覚めると蝗になっていた主人公が、殺戮を開始する話。誰もが思いつくが、そう書けるものではない。

第5回　人生は読めない

田辺青蛙

課題図書……「ボビー・コンロイ、死者の国より帰る」ジョー・ヒル（『20世紀の幽霊たち』所収）

こういうリレー形式の書評、私は初めてなのだが、夫は過去に経験があるらしい。

なんでも数年前に女子高生を相手に同じことをやったそうなのだ。

新聞連載の企画で高校生の紹介する本を夫がレビューし、夫が選んだ本を高校生がレビューする。

夫の母校に所属する女子高生が選んだ本は『おしいれのぼうけん』という絵本。

それに対して夫が選んだ本は、山田風太郎の「忍法帖」シリーズだった

『20世紀の幽霊たち』ジョー・ヒル（小学館文庫・2008年）

以下、うろおぼえすぎて、けっこう違うんですが、まあいいです。

らしい（いいのかシリーズで……）。このチョイスに対して、女子高生がどんなレビューを書いたのか、どんな反応を示したのか私は知らない。

というのも、この連載の話は夫から聞いただけで、現物を見ていない。そもそも夫の書いた文章を私は読まないからだ。

僕も妻の書いたものは基本、読みません。

世の中には夫婦で原稿を読んだり、アドバイスをしあったりする作家夫婦や作家仲間もいるらしいけれど、うちで実践したらどうなるかは、想像するだに恐ろしい。

読んだところで「あ、こないだ誤字見つけたけど」とか「あそこはこうした方が良かったんじゃない？」みたいな会話になるに決まっているし、それで笑って「あら、そうだったっけ」とか「素敵なアドバイスありがとう。今度からあなたのアドバイスに従って書くわね。おほほほほ」なんてなるわけがないのだ。

それにしてもこの連載の目的は相互理解だが、連載4回目にして振り返ってみて、お互い分かりあった部分があるかどうかは不明だ。

私と夫は東京と大阪に離れて住んでいて、なんとなく付き合ってみるか、から入籍まで数回しか会わず、その間が2ヶ月しかなかった。

僕は、入籍という言葉は使わない方がよいのでは派です。

遠方に住んでいた妹には報告をし忘れていた程で「あ、この人がお義兄《にい》ちゃんだよ」と、入籍してから数ヶ月後に知らせることとなった。

別に特に焦る理由があったわけでもないので、何故そんなに早く交際から入籍に発展したのかは、未だに分からない。

この連載を始めた理由はハッキリしているのだが、夫が何故夫なのかは、宇宙人に記憶でも書き換えられたのかとたまに疑いたくなるほど、漠然としている。

文章を書き始めたきっかけも昔から目指していたわけでなく、思いつきだったし、海外で働いてみたり、起業したりしたこともあるのだが、その時も深く考えはしなかったし、やり始めた理由も覚えていない。

私はそんないい加減な人間なのだが、小説家になった経緯については、他のことよりもちゃんと覚えている。

知人が、今は無きオンライン書店bk1主催の『ビーケーワン怪談大賞』というネット上での公募コンテストに応募して賞を取ったことを知った。

ビーケーワン怪談大賞の応募規定が８００字以内の怪談作品ということ

だったので、８００字なら原稿用紙で2枚以内、それで賞品の図書券がもらえたらラッキーだと思って応募してみた。

するとたまたまビギナーズラックだったのか、佳作に入選したので、調子にのってもう少し長いものを幾つか書いてみることにした。そして、数ヶ月後ホラー小説大賞の短編部門に応募してデビューとなった。

他にも2つほど同時期に公募に出していた作品もあったのだが、そちらは1次選考通過すら出来なかった。もし、全てが落選していたら今頃私は、本は書くより読むに限ると言っていた可能性が高いし、夫ともおそらく出会ってすらいなかっただろう。

「一生結婚しなさそう」と、色んな人に言われていたこともあり、狐狸の類に騙されているとか、壮絶なジョークなのではないかという疑いを持ち続けている。

目が覚めたら、未だに独身で一人ぼっちでワンルーム・マンションにいるような気持ちが抜けないのは何故だろう。

さて、今回の課題本はジョー・ヒル著『20世紀の幽霊たち』に収録されている短編「ボビー・コンロイ、死者の国より帰る」だ。

『20世紀の幽霊』は東雅夫[※9]さんの幻妖ブックブログで話題になっていたこともあり、既に持っていたし読んでいる。

　だから今回は書店を巡る必要もなく、新たに本を購入することもなく、書架に並んだ文庫本の中からスッと一冊を抜き出すだけで良かった。

　夫は以前、怪談やホラー、オカルト関連の書籍が並ぶ本棚を見るだけでもゾッとするというようなことを言っていたので、私が持っていることを知らなかったのかも知れない。

『20世紀の幽霊』は、久しぶりに読み直してみると随分印象が異なっていた。

　今まではどちらかというと、この本の中に収められている短編の中では地味な部類に入るボビー・コンロイの話よりも、読んでいて思わずギョッとするような「蝗の歌をきくがよい」等の方が好ましく思えた。でも今は、このゾンビに扮する、成功者になれなかった主人公の心情が前よりも理解出来るようになったのか、最初に読んだ時よりも何倍もじっくりと楽しむことが出来た。

※9　東雅夫……1958年～。文芸評論家、編集者。

持っていない本を選ぶっていう条件はついていません。

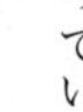

あらすじ。

主人公のボビー・コンロイは、トム・サビーニに死人のメイクを施された姿で映画「ゾンビ」の出番を待っていると、同じエキストラの女性のゾンビに目をとめた。

彼女の名はハリエット。

ハリエットは高校時代、ボビーのガールフレンドだったからだった。

高校卒業後、コメディアンになる為にボビーはニューヨークへ行ったのだが、プロの舞台の厳しさに打ちのめされ、夢破れて田舎に戻り現在は両親と共に暮らしている。

好きだった彼女も以前と変わらず魅力的で、自分とも息はぴったりなように思えるのだが今は既婚者で息子もいる。

エキストラの期間中に、彼女の息子が自分の子供だったかも知れないという思いが過《よぎ》ってしまったり、彼女の夫に嫉妬を抱いてしまったりするボビー。

待ち時間の間に近況や思い出を語り合ううちに、時間が遡ってしまったような錯覚に陥ることもあったが、噛み合わない会話が元で軽い言い争いになり苦い思いをしてしまう。そんな2人の元に監督ジョージ・A・ロメロがやって来て……。

夫は何故、不器用な人生に馴染めない男が主人公の作品ばかりを選ぶのだろう。

これを私に読ませることによって、何か気が付いて欲しいことがあるのだろうか？

今のところ、夫の意図すら読み取れず。相互理解とやらはかなり遠いところにあるようだ。

夫も馴染めない現実についてや、過去に遡ってありえたかも知れない暮らしとやらを青春の思い出と共に考えてみたりすることがあるのだろうか。

ボビー・コンロイの話は、最後のセリフの一言が効いている。

それを書いてしまうのはちょっと野暮な気がしたので、ここには記さないでおこう。

あの一言の為に、ジョー・ヒルはこの短編を書いたのではないかと思ってしまう程だった。

ちなみに私はよくやります。夫と結婚していなかった場合の人生を想像してゾッとすることが多いです。酒好きで自堕落な人間なんで、もしかしたら死んでいたかも知れません。

そういえば私も昔エキストラで映画に参加したことがあり、あれも人間でない役だった。「妖怪大戦争」[※10]という映画で、私は1つ角の鬼の被り物に袴姿で、遠くに見た蛙の被り物の方が良かったなとか、これを被り続ければサウナ・スーツのような効果で顔瘦せは出来るだろうか等と長い待ち時間の間に考えていた。あの時はまだ20代の前半で、なんだって出来るような気持ちでいた。さて、ボビー・コンロイの話に意識を戻さねばならない。

過ぎ去った楽しい高校時代の充実した思い出と、ゾンビ映画。

雨が上がった後の秋晴れの空のような、どこか物悲しくも清々しい気分になれる、不思議な味わいの短編だった。

ゾンビ役の人たちは待つことがメインの仕事で、退屈なので内臓の模型でサッカーのようなゲームをしたり、血みどろ描写もあるけれどハリエットの息子がそんな中でも無邪気に遊んでいたりするせいか、おどろおどろしい印象は受けなかった。

数年おきに読み直してみるといい作品なのかも知れない。

私の好きな映画のセリフで、「映画は変わらないのに、見るたびに違っ

※10　「妖怪大戦争」……2005年公開の日本映画。三池崇史監督。

て見えるのは、自分が変わってるからだ」(「12モンキーズ」[※11])がある。

自分の変化と向き合うには、何度も楽しめる小説や映画があるといい。

さて、ジョー・ヒルと来たら次は父のスティーヴン・キングの作品で返さなくてはいけないだろう。

夫は表紙が怖い本が苦手と以前この連載で暴露していたので、私が知る限り最も怖い表紙の本を選ぶことにする。

ちなみに現在夫は体調を崩しており、布団の中で魘《うな》されている。こんな体調で読む『クージョ』はまた違った味わいがあるのではないだろうか。

妻から夫への一冊　『クージョ』スティーヴン・キング

※11 「12モンキーズ」……1995年公開のアメリカ映画。テリー・ギリアム監督。

第6回　牙をむく獣たち

円城塔

課題図書……『クージョ』スティーヴン・キング

今回のお題は、スティーヴン・キングの『クージョ』です。

これを原作とした映画の邦題は、「クジョー」（英語ではどちらも〝Cujo〟）。ややこしい。

さて、この『クージョ』もしくは「クジョー」と聞いてまず頭に思い浮かぶのは、

・九条御息所《くじょうのみやすんどころ》

・奥さまはクージョ

の二つですか。

『クージョ』スティーヴン・キング（新潮文庫・1983年）

ただの駄洒落じゃないか、『源氏物語』に出てくる「六条御息所」と「奥さまは魔女」[1]の駄洒落じゃないか、と言われても駄洒落です。特に後者は、オープニングの曲が我が家でテーマソングのようになっており、チャーラッ♪、チャーラッ♪、というあの陽気なオープニングを口ずさみながら、「ワンワン」と合いの手を入れるのが当たり前[2]になっています。

と書いて思い返してみると、歌っているのは自分だけのような気がしてきましたが。

そういうわけでどうも、『クージョ』ということになると、大型犬の生霊が唇を左右に動かしながら魔法を使う場面が浮かびます。そういう話じゃないのは知っているんですが。

自分がキングにはじめて触れたのはたしか、中学生の頃のことで、友人が貸してくれた『スケルトン・クルー2　神々のワード・プロセッサ』だったはずです。あれ、ということは、『スケルトン・クルー1　骸骨乗組員』も読んだのだろうか。記憶にない……。

以来、自分の中では、キングのベストは『神々のワード・プロセッサ』

①原題"Bewitched"。魔女の奥さんと一般人の夫、ダーリンを中心とするホームコメディ。ダーリンは、愛称ではなく名前。子供の頃、吹き替え版の再放送をテレビでよく見た。制作時期がベトナム戦争真っ只中であることを考えると感慨深い。

②本当によくやっています。

うん。ほんとに覚えがないですね。

所収の「オットー伯父さんのトラック」ということになっていて、これは、トラックがちょっとずつ近づいてくる話ですね。と、さりげなく書いていますが、つい先日まで、この話を、「芝刈り機がちょっとずつ近づいてくる話」と記憶していました。混じってる。「芝刈り機の男」と混じってる。こちらは確か、『ナイトシフト2　トウモロコシ畑の子供たち』で読んだはずなのですが、はて、『ナイトシフト1　深夜勤務』の記憶がない……。

なぜ自分は、2ばっかり読んでいるのか。というかなぜ友人は2から貸すのか。そういえば、友人が最初に貸してくれた洋楽のCDも、R.E.M.とPet Shop Boysだったような記憶がよみがえってきました。オルタナと、エレクトロ・ポップ。野良とテクノロジー。なにその組み合わせ。

はて、そういえば、以来、キングとはご無沙汰しています。

先日、アメリカ人と東京駅で待ち合わせをしたときに、「丸の内北口のドームの下で」と指定をしたら、「キング（の『アンダー・ザ・ドーム』）ですか、さすがですね」と言われ、ああ、やっぱりキングは追いかけなければ、と思いながらもなかなか手が伸びません。

―うん。ほんとに覚えがないですね。

―ごめん、読んでない。

うーん。なにかちょっとこう、有名すぎるというか、なんとなく筋を知っている気になってしまうところがあれですね。たとえばこの『クージョ』なんかもまあ、「大型犬に襲われるんでしょ。車にとじこめられて出られなくなって。でも犬が車のまわりを回るだけだから、字はともかく、絵にはしにくいよねえ」と、何にも考えなくったって自動的に口が動いてしまったりするわけです。よくないですね。

そう、知った風な口をききながら、確かに、不思議に思ってはいたんですね。

「犬に襲われるだけの話を、そんなに長く書くのは無理なのではないか」ということですよ。

あらすじ。

メイン州、キャッスル・ロックという田舎町の、二つの家族。都会から引っ越してきて間もないトレントン家と、長くこの町に住み着いているキャンバー家。どちらも両親と男の子一人という家族構成だが、キャンバー家にはもう一匹、セントバーナードのクージョがいる。

あるとき、トレントン家では、夫のヴィックが出張に出かけ、妻のドナと息子のタッドが家に残ることになり、キャンバー家では、妻のチャリティーと息子のブレットが親戚の家に出かけて、夫のジョーが一人で家に残ることになった。

ドナ・トレントンは調子の悪い車の修理を頼もうと、タッドと一緒にキャンバー家を訪れる。人気のない町外れのキャンバー家に辿り着いたところで車は全く動かなくなり、そこへ狂犬病に感染したクージョが姿を現す。ジョーは既にクージョに噛み殺されていた……。

ということでなるほど、さすがに文庫本で五百ページ近い話の大半がクージョとの肉弾戦に占められていたりはしませんでした。ほとんどの描写は周囲の人間模様に費やされており、夫が言い出した田舎住まいに消耗して浮気に走るドナや、粗暴な夫との駆け引きを繰り返すチャリティーなど、二つの家族のそれぞれの心の動きが語られていきます。

それって、話を長引かせるための描写じゃないの、というのは全然違って、かなり緻密な歯車がゆっくりと用意されていきます。ただし、物事を正常に回すための歯車ではなくて、噛み合わせを狂わせたまま進行していくことで、悲劇を生産してしまう類いの歯車ですが。両家の家族構成や、外出の組み合わせを眺めるだけでも、きれいに対応がとられているのが見えてきますね。

特に誰かが悪かったわけではない、ただの偶然の連鎖、というのが重要です。

それはたしかに、狂犬病にかかった犬に襲われるのは怖いです。ホラーです。でもここでキングが書いているホラーは、そういう直接的なホラーだけではなく、「特別に誰かが悪いわけでもないのに、とてつもなくひどいことが起こる」というホラーでもあるわけです。どうしてそういうことが起こるのかというと、この世界が邪悪だから、とはまあ、キングは言いません。ことはそう単純に白黒つけられるものではないからです。

と、なかなか勉強になった、という読後感なのですが、妻がどうして、「相互理解」のために「動物に襲われる」話を勧めてくるのかは今のところ謎です。

自分が好きな本を選んで勧めるとどうしても偏りが生じてしまうようです。

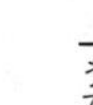

③ラフカディオ・ハーン＝小泉八雲は妙な人だなあ、と思っているうちに、『怪談』を現代語直訳することになったりしました。

　妻から見ると僕は、「怪談やホラー、オカルト関連の書籍が並ぶ本棚を見るだけでもゾッとする」ということになっているらしいのですが、まあそんなことはないわけで、自分の本棚には小泉八雲[3]の『怪談』とか、オッペンハイムの『英国心霊主義の抬頭』[4]とか、ゴドウィンの『北極の神秘主義』[5]とかがささっていますね。ということで、とりあえずオカルト観の溝を埋めるために、次回はイエイツ[6]の『ジョルダーノ・ブルーノとヘルメス教の伝統』というのでどうか……。

　ああ、そうだ、ひとつ前の妻の回に出てきた、僕が以前やった「出身校の図書局の高校生と本を選んでレビューをしあう企画」ですが、僕は山田風太郎の「忍法帖」シリーズは候補に入れただけで、最終的には選んでいません。あれを選ぼうと思ったんですね。「〆の忍法帖」。山田風太郎はどれもすごいですが、これはもうすさまじいですよ。ただ誤算だったのは、先方に女性が多かったことで……。候補として打診して正直悪かった、と思っています。どのへんがそう思うような話なのかは、じゃあ、妻に説明してもらうことにしましょう。

　ということで、次回は、「〆の忍法帖」で。『山田風太郎忍法帖短篇全集

④心霊主義、神智学系の見通しがつく本ですが、読むと疲れます。

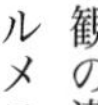

⑤アーリア民族の起源は北極にあり、鉤十字はそのシンボル、みたいな本ですね。

⑥フランセス・イエイツ。思想史家。歴史上の事件に魔術的世界観を重ね合わせるアビ・ヴァールブルク型の学風。

5　姦の忍法帖』がアクセスしやすいはず。本棚の左上隅にあったと思う。

夫から
妻への一冊

「〆の忍法帖」山田風太郎

（『山田風太郎忍法帖短篇全集5　姦の忍法帖』所収）

第7回　つらい時は脳内妖精との会話で盛り上がろう

田辺青蛙

課題図書……「〆の忍法帖」山田風太郎
（『山田風太郎忍法帖短篇全集5　姦の忍法帖』所収）

夫は専業作家ですが、私は他にも仕事を持っており、その関係で年に1度は海外に行かないといけません。

そんなわけで、今は渡航の準備に追われており、次回の「Yome Yome」はアメリカからお送りすることになりそうです。

でもって、行き先はサンフランシスコとサンディエゴを予定しているわけなんですが、夫からの課題図書の入手についてちょっと考えてみました。

サンフランシスコには紀伊國屋書店、サンディエゴにも日系書店があり、紀伊國屋書店USAは書籍の国内配送も行ってくれるし、在庫もウェブで

『山田風太郎忍法帖短篇全集5　姦の忍法帖』山田風太郎（ちくま文庫・2004年）

仕事は何ですか？　と聞かれることがあったのですが、語学とイベント企画に関わる仕事をしています。幾つかの仕事を掛け持ちしています。

連載時のタイトルは「Yome Yome」でした。

見ることが出来ます。

それにKindleを使って電子書籍をオンラインでダウンロードすることも出来ます。

紙の書籍でもEMSを使って、日本から送ればアメリカの住所まで4～5日で届きます。

いやー便利ですね。アメリカからの「Yome Yome」も全く問題なさそうです。

あ、それと動物に襲われる話ばかりを選ぶ理由ですか？　そりゃ、表紙が怖い話は動物ものが多いからですよ。雪山の遭難とかも怖いけど、雪山そのものを見ても怖くないでしょ。今、気が付いたんですが自分の本棚は遭難、事故、獣に襲われる、怪談実話等のジャンルに分けられていました。遭難も海難事故、雪山、墜落等に分かれています。相互理解というか、この連載はもしかすると自分自身と向き合って己を知る方向に向かいつつあるのかも知れません。

ちなみに夫はここのところ雨が続いているので元気がありません。低気圧に弱いのか、雨が降るとたちまち気力を失ってしまうらしいのです。

——電子書籍は対象にしないんじゃなかったの？

私はペンネームに蛙を入れているせいかどうかは分かりませんが、雨の日の方が元気で体調が良いくらいです。

外は八重桜を散らす、激しい雨が降っていますが、元気にレビューを書いてバイブス上げ！　上げ！　でイキましょう！


さあて、今日のご機嫌なレビュー課題は何かな？

「はぁ〜いワタシ、タナベ・セイアの脳内妖精！　山田風太郎先生の御本のレビューをアシストしちゃうぞ！

今回の課題図書は、あ、いやあん！　Hな本じゃないですかあ！　妊婦を布団に縛り付けてお殿様が夜な夜な裸体や陰部を観察するお話や397人とまぐわっちゃったりするお話とかがあ、載ってるんでしょう？　表紙の山本タカト画伯のイラストの視線もどこかセクシーに感じちゃうわ〜」

「やあ、脳内妖精君、久しぶりだねえ。今日も元気かい？　私の住んでいるところは近畿だよ。えっ？　受けなかったって？　あなた大丈夫？　きっと疲れているんだよ」

って、さっさとレビューしちゃいましょう。課題図書は『姦の忍法帖』

つらいときは無理をしなくてもいいと思う。

小説であればありえないセリフはこび。

多分近畿とkinkyの洒落。

から「〆の忍法帖」です。

いつだったか初めて読んだ時に衝撃を受けた作品です……っていうか、今思い出しましたが夫に勧められて読みました。

だからこれで、この作品を夫に勧められて読むのは2回目です。うちの夫は山田風太郎作品がかなり好きなんですが、好きだけでは飽き足らず色んな人への布教活動も行っているようなのです。

まあ、山田風太郎作品を知らない人生よりも、知っている人生の方がずっといいような気がするからいいんですけどね。ちなみに私が初めて読んだ山田風太郎作品は『人間臨終図巻』※12で、盲腸で入院している間に読みました。

だってそこの病院では一番人気の書籍で、頻繁に立ち読みする人やレジに持っていく人を見かけたんですよ。そこで、これは買わねばと思って私も購入してしまったわけですよ。

知り合いの看護師さんに聞いたところによると、割とあちこちの病院の文庫スペースに『人間臨終図巻』は置かれているそうです。


結婚したばかりの頃に勧められました。そういえばあまりSF本は勧められた記憶がありませんね。

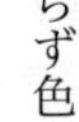

※12 『人間臨終図巻』……山田風太郎による年齢別にまとめたそれぞれの死に方。徳間書店。1986年。

あらすじ。

江戸家老の屋敷にいる弓削の道兵衛という男のもとに2人の美しいくノ一が届けられた。それは重要な忍法の鍛錬に必要だからであった。

その忍法は馬吸無《バキューム》。弓削の道兵衛は迫るお家取りつぶしの危機に備え、忍法・馬吸無を用いて、股間にある忍棒《にんぼう》で、明日切腹を命じられているお殿様から御胤《おたね》を受け取り、奈良の吉野にいる奥方に御胤を注ぐ為に自ら運び道具となる必要があるのであった。

馬吸無の為に、水を絶ち、股間の一物から水を吸う修行をし、肉感的なくノ一にどんな技を受けても決して射精しない訓練を血を絞り骨を刻む程の努力と苦労でもってやってのけ、やがて忍法は完成する。

忍法・馬吸無によって、忍棒は殿様の御胤を入れた筒、御《おん》忍棒となり、長い奈良への旅が始まった。6人の刺客と、修行に利用された後に捨てられた2人の美しいくノ一に追われながら、果たして弓削の道兵衛は無事に御胤を届けることが出来るのだろうか。

壮絶なる復讐と追走劇が今始まろうとしていた。

尿意や渇きや性的な誘惑や痒みと戦いながら、受精の為に殿様の精液の保管器となった1人の忍者の使命への愚かなまでの忠実さを、自分の想像力の貧弱さが恨めしくなる程これでもか！　これでもか！　これでもか！と喰らわされてしまう作品です。

山田風太郎の作品が持つ、変な説得力はなんなんだろうと思う時があります。どれもこれもありえないことなのに、何故か読んでいる時は納得してしまっている自分に気付かされることがあるんですよ。

それがたとえどんなに荒唐無稽な内容で、あらすじを読むとギャグ漫画のような話でも、読んでいる間は悲痛な任務に挑む、己に厳しい忍者と怪しい妖艶な女2人のやりとりに息をのみ、世界に入り込んで、主人公の焦りと苦痛の片鱗を味わってしまうんです。

これが風太郎の魔力なんでしょうか。他の作家じゃちょっとないような気がします。

私や夫はきっと後何百年生きることが出来たとしても、このような作品を書くことは決して出来ないでしょう。

そういえばアメリカに行くと、忍者について聞かれることがありますね。まあ、見たことあるか？　とか忍者になる方法を知っているか？　実際に現代にもいるのか？　といったような質問が多いです。

ふと、思い立ってＡｍａｚｏｎ ＵＳＡで「Yamada Futaro」（ローマ字表記はWikipediaの英語版を参考にしました）と入力してみました。忍者といえば、連想する作品は「忍法帖」か「ニンジャスレイヤー」[※13]だろうと思い、英訳はどれくらいされているのかという好奇心からです。

「The Kouga Ninja Scrolls」と「Basilisk」シリーズがヒットしました。

2年前に夫のワールドコン（世界ＳＦ大会）＆サイン会＆大学での講義ツアーがあって、おまけとして付いて行った私は現地で日本語を勉強する学生に好きな作家は誰かと聞いてみました。

すると村上春樹[※14]のような現代作家の名前より、明治期の文豪や昭和初期の作家が好きだという学生が多くいることを知りました。

しかも翻訳文でなく、皆原文で読んでいるというのだから、アメリカの大学で日本語を学んでいる学生はレベルが高いんですね。

って、何か話がそれてきたので戻します。つまり、海外の人は「忍法

※13『ニンジャスレイヤー』……ブラッドレー・ボンドとフィリップ・ニンジャ・モーゼズのアメリカ人コンビによるとされる小説。日本語訳はエンターブレイン。２０１２年。

※14　村上春樹……１９４９年～。小説家。

帖」を読んでどう感じたのか少し興味を持ちました。

今度渡米する時に、機会があれば誰かに聞いてみることにします。

えーで、はい。落ちをどこで落とせばいいのか分からなくなって来ました。ちょっとエッセイでも過去に書いたんですが、英語に触れると日本語がおかしくなったり、読みにくくなってしまうことがあります。

なので作家で小説を書きつつ、翻訳作業も出来る人は本当に職人芸というか、凄いって思います。私は英語が大の苦手で、そのうえ日本語のネイティブなのに、そっちもかなりお粗末なので、英文にちょっと触れた後に感想文を書くとなると頭がぐちゃぐちゃになります。

脳内がルー大柴語っぽい感じになるんですよ。ユーはドリンクを飲んでる、コールドね。みたいな変な言葉になるわけですよ。って、皆なりませんか？　ああ、また話がそれてしまいましたね。戻します。

次回の課題図書ですが、先日健康診断を受けたところ夫が医師から10キロ程痩せなさいと言われていました。

常日頃から、売れっ子作家になりたいならダイエット本を書けばいいさと言っている夫に、この本をお勧めしたいと思います。

『板谷式つまみ食いダイエット』ゲッツ板谷著

痩せて健康になってください。

それと雨、上がるといいですね。

私はここ数日、脳内で英語と日本語がぐちゃぐちゃになっていましたが、山田風太郎の「忍法帖」を読むことでいい具合に色々とリセット出来たような気がします。

そろそろ夜明けですが、今日は寝ることにします。おやすみ！

忍法布団被り！　ぐー。

妻から
夫への一冊　『板谷式つまみ食いダイエット』
ゲッツ板谷

第8回　ダイエットしないダイエット

円城塔

課題図書……『板谷式つまみ食いダイエット』ゲッツ板谷

この連載をはじめてだんだんわかってきたのですが、どうも妻には、強固な自己像があるようです。

どうもその人は、「おしゃれでかわいい、気のつく奥さん」というような姿をしているらしい。

だから僕が、妻は脱いだ服をそのへんに置いておく、というようなことを書くと、ちょっと機嫌が悪くなったりします。「もう、みんなにだらしない奥さんだって勘違いされたらどうするの！　ぷんぷん」みたいな生き物です。でもそれは僕には見えない、前回、妻の回に登場した妖精みたい

『板谷式つまみ食いダイエット』ゲッツ板谷（角川書店・２０１１年）

な奴なのです。多分。

小説家は見てきたようなことを書くのも仕事なので、イメージが実態と全然違うのはまあいいんですが、それならそれで、せめて前もって打ち合わせをしておいて欲しい。見えないから。その妖精。

ダイエット本で一発当てようぜ、とかいつも言ってるのも妻の方で、書店へ出かけては、「真似された！　また真似された！」とか言いながら帰ってきます。「〇〇するだけダイエット」の〇〇に何かを入れる遊びがうちでは年中流行っているのです。「死ぬだけダイエット」とか「太るだけダイエット」とか「痩せるだけダイエット」とか「いるだけダイエット」とか。なんにせよ、思いつきから本一冊分の内容に膨らませるのは大変そうなので、あの手の本を書ける人は尊敬しています。

食べ物本、手芸本、旅行本、ダイエット本、あたりは挑戦してみたいと思いながらもこれがなかなか難しい。過去の作家の作品で今も書店に残っているのはたいてい、食べ物エッセイか旅行本で、みんなあんまり小説とか読まないですよね。

ちゃんといますよ。見えないのはきっと心の修行が足りないからです。

さて僕ですが、このところ順調に太っていまして、あれですね。目線を下げると視界に頬肉が登場してきます。やあ、って感じで。昔々、高校生の頃から結婚前までは63キロくらいを保っていたのですが、結婚するや68キロくらいまで増えました。このあたりまではまあよいです。食生活が人並みになったという話です。

ストレスを受けると食べ続けてしまう人と、食べなくなる人がいますが、僕は後者です。仕事をしている間は何も食べなくてもよいタイプだったのですが、このところ集中力も途切れがちになってきました。もともと、食べ物など口に入ればよいという性質でもあったのですが、うん、身をもって知ってしまったわけですね。

疲労は、美味しいもので解消できる、と。

あるいは、辛い人間関係は、美味しいもので忘れられる、と。

食事は、ＨＰやＭＰの回復に利用できるのだ、と知ってしまったわけで、これはもう、食事中毒みたいなものです。略して食中。別に悪い薬が入っているわけでもないのに、高パフォーマンス。多少お金がかかっても（いい米を買うとか）その分稼ぐ足がかりにできればよい、という投資だと思

出会った頃の夫は骨と皮しかないんじゃないか？　と思う程痩せていました。お互い思い返してみると随分変わりましたね。

この連載とか。

うことにする、と。

普段、薬を飲まない人は、風邪薬を飲んでも覿面《てきめん》に効いたりしますね。なにかああいう感じで食事が贅肉を繁殖させるのに効きました。あれよあれよと太り続けて、一時期は80キロを超えてしまって、ちょっと歩いては汗だくになり、ふうふう言いつつ額を拭いていたりしました。

さすがに運動くらいはしようかと折りたたみ自転車を買ってはみたのですが、雨続きでなかなか乗れず、出かけても鯛焼きやらベーグルやらを買ってきてしまい、あまり効果は見られていません。うむ。と、このあたりであらすじへいきましょうか。

あらすじ。

体重が１００キロの大台に乗ってしまい、年齢に伴う健康の衰えも気になる著者が、一ヶ月ごとに手法を切りかえながら、様々なダイエットに挑みます。目標は一年で20キロ減。挑戦するダイエットは、「巻くだけダイエット」にはじまり、「耳つぼダイエット」や「ホットヨガ」まで多岐に亘り、月々増減する体重にハラハラ……とわりと順調に減っていってます

夫と結婚してから私も太りました。ぷーくぷく。

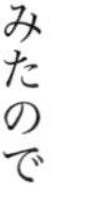

ね。それでもギリギリのところで目標に届かない体重、さて、というクライマックスもあります。

食べなければ痩せる、というのは絶対的な真実ですが、ずっと食べないと死んでしまうところがジレンマです。色々気を遣う必要がある以上、ダイエットは餓死するよりも面倒です。死ぬよりも生きる方が面倒くさいというくらいの意味で。ただ食べないでいるだけだとたいていリバウンドに見舞われますしね。

食事量を把握する、酒をひかえる、運動する、体重の変化を記録すればよいのだ、他の方法はない、というあたりまでは誰もが知っているわけですが、その前になによりもまず継続するのが大事なわけです。

それもみんな知っています。でも覚えていられない。「継続が大事」という真理を継続的に意識することはなぜかできないわけで、腹筋のトレーニングとか続きませんよね。これは人間の設計ミスなんじゃないかという気もします。

何でもよいから続けてみること、が一番伝えにくく、皆忘れてしまうことなわけなので、意外に「一ヶ月ごとに方法を変えるダイエット」は有効なのでは……という気もしてきました。少なくとも一ヶ月ごとには思い出すわけですから……と、それすらもまた忘れそうですね。

　この本に出てくる中で、一番やってみたかったダイエットは……。

　断食、ですか。一度試してみたいような気がしなくもないと思わないでもないです。泡坂妻夫の『しあわせの書―迷探偵ヨギガンジーの心霊術―』みたいな展開が期待されます。

　まあ太っていくのはたいてい、こうして言い訳を考えているうちになんだか満足してしまうからですね。この連載もそろそろ中だるみを迎える時期なので、なんとか梃《てこ》入《い》れをはかりたいところ。ありきたりですが、連載の中で体重の記録でもはじめてみますか。とりあえず体重を量ってみました。76・2キロ。あれ。思ったより減ってる。「ダイエットしないダイエット」に成功。それでもやっぱり、68キロくらいにはもっていきたいわけで、何ダイエットをしますかね。とりあえず来月まで、「何をするか考えるダイエット」をしてみることにします。痩せなそう。

　思い返せば、急速に太りはじめたのは、妻とサンフランシスコに何ヶ月

断食道場で起こる事件の陰に存在する『しあわせの書』……なにを書いてもネタバレに。

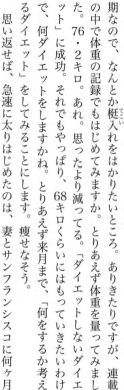

か滞在したあたりからでした。気をつけてはいたのですが、抵抗虚しくやっぱりころころと太りました。今妻は西海岸で、僕は只今札幌に帰省中なわけですが、妻はやっぱり太って帰ってくると思います。

そんな妻への課題図書は、そうですね。知る人ぞ知るダイエット・ミステリ『硝子のドレス』[1]北川歩実でどうでしょう。それともあるいは料理のレシピ本とか。我が家では『野﨑洋光　和のおかず決定版』[2]が活躍してます。あるいは『安閑園の食卓』[3]辛永清。

ああ、でもやっぱり、「台所のおと」幸田文で。僕は『台所帖』所収のもので読みましたが、これを表題作にした文庫本も出てますね。今回はさすがにアメリカでは入手が難しいかも知れないので、なんだったら特例で僕が送ります。

夫から妻への一冊　「台所のおと」幸田文

（『台所帖』所収）

①ダイエットをメインテーマとしたミステリ。びっくりダイエットトリックあり。

②今でも活躍しています。

③台南の大家族の食生活が美味しそうに描かれている。

第9回　ホテル・カリフォルニアからコンニチハ

田辺青蛙

課題図書……「台所のおと」幸田　文（『台所帖』所収）

ハァーイ！　あたし！　タナベ・セイアの脳内妖精★

今回はカリフォルニアからお送りしちゃうぞ！

まず、言わせてもらいたいんだけど、ダイエット本で一発当てる話はエンジョー・トーも言ってたし。とりあえず、作家になって学んだことは、エゴサーチは精神的に堪えることがあるからしない方がいいってことかしら。

だからアタシのせいっていうか、脳内妖精の仕業じゃないんだから！

ちなみに今いるホテルは冷水か熱湯かのどちらかしか出ないシャワーと、

『台所帖』幸田文（平凡社・２００９年）

──つらいときは無理しなくてもよいと思う。

埃臭い毛布が1枚しかベッドに掛かってないようなところなんだけど、日本円に換算すると1泊の宿泊費が1万円以上もするの。

なんっていうか、足元見られまくってるわよね。

それにシリコンバレーってハイテクっていうか、都会なイメージあるじゃない？

でも、実際行ってみると、スタンフォード大学はブレア・ウィッチみたいな森に囲まれてるような立地で、夜に行ったせいかひと気が全く無くて怖かったわ。

ハイテクっていうか、シリコンバレーっぽいイメージだったのは、腹の出たおっさんがセグウェイに乗りながら、ピザ食べていたことくらいかしらね。

さて、今回もご機嫌なレビューをブイブイ言わせちゃうぞ！

課題本：「台所のおと」幸田文（『台所帖』所収）

今回は営業の仕事で海外にいるから、課題本をまずはKindleから探すわね。

さあて、検索、検索っと。

あら、残念Kindle化はされていないのね。じゃあ、カリフォルニア州にある日系書店の在庫の検索をしてみようかしら……。

「………」

在庫無しね……。

と、なると日本から送るしかないわね。

でも言わせてもらうけど、ちょっと気が利かないっていうか、電子化された本を予め選んで欲しかったわ……。

でも、しょうがないから日本から送る手続きをしちゃうわね。

ポチッと……。

7日後……。

えーっと、結論を言うと郵便物が行方不明になりました。

届かなかった上に、送付をお願いした人が追跡番号を紛失してしまったからです。

って、どうしましょう。

隣の人に郵便物を平気で預けたり、玄関脇に置いてったり、アバウトすぎるぞアメリカの郵便事情！

もう、これは事故みたいなもんだし、しょうがないですよね、次回は2冊分レビューすることにします。

これでいいですよね？　文句はないですよね？

しかし、字数が余ってしまいました。代わりに現地で買った本の感想を勝手に書くことも考えましたが、何だかそれも違うような気もして来たんで、こちらの日々の生活について書いていこうと思います。

えっ、別に過去のアメリカ暮らしのエッセイ本『モルテンおいしいです^q^』の宣伝に絡めてやろうだとか、エッセイ仕事を増やしたいとか企んでいるわけじゃないですよ。

ただ、カリフォルニアの風に吹かれているうちにそういう気分になってしまっただけです。

8日目

サンフランシスコからサンディエゴに移動。

着いた途端にｉＰｈｏｎｅを失くしてしまい、泣きそうになったところを海兵隊に励ましてもらった。

―大変だよね。海兵隊も。

何でもトモダチ作戦で日本に行ったことがある人だったらしい。

iPhoneはホテルのフロントに届けられていました（ロビー脇のデスクに置きっぱなしだったらしい）。

本当によく見つかったもんだと思い、これで運を使い果たしてしまったのではないかと、ふと不安になりました。

9日目

日差しが焼けるように熱いです。

記憶があまりありません。

10日目

シャワーが日焼けに沁みます。

靴擦れがやたら痛い。満身創痍ですが、明日も頑張ろう。

11日目

ウヒ？

12日目
ハヤク　カエリタイ

13日目
ハヤク　ドコカヘ　カエリタイ

14日目
ココハ　ドコ　デスカ?

15日目
ハッ!
明日で最終日、頑張るぞ!　うおおおおおお!!!

16日目
業務終了。

最終日に訪問したオフィスが「ラホヤ」という高級リゾート地の近くと知り、時間があるのなら、見てみればと勧められたんで、行ってみることにしました。

なんでも、海の綺麗な場所で「ラホヤ」はスペイン語で宝石を意味するらしいです。

青い透き通った海、いいですね。

手描きの地図を持って坂を下っていくこと十数分、海が見えてきました。

宝石のように美しいラホヤの画像をお楽しみください！

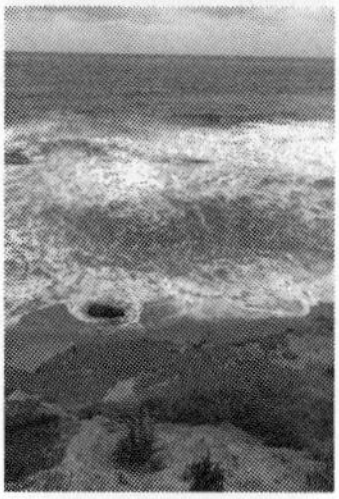

どうです？

最初見た時に冬の日本海かと思っちゃいましたよ。

波が荒いです。

連載時にはカラーでの掲載でした。灰と群青の混ざったような暗い色の海です。

しかも人が数名しかいないんですよ。

でも、そこでたまたま出会った地元に住んでいる女性がとっても親切だったので、色々とガイドしてもらいました。

彼女が言うにはこのあたりは全米でぶっちぎり№1の高級住宅街であり、1軒500万ドル級の家がごろごろ建っているということでした。

ただ、地盤が悪く水はけもあまり良くないので、地滑り等があるといい、景色は素晴らしいけど、住むのにはちょっと向かないかもということです。

ラホヤには野生のアザラシが見えるポイントがあるというので、彼女に案内してもらいました。

そこで、移動中に野生のリスに遭遇したんですが、人に慣れていたのか私の足を登ろうとしたんですよ。

それを見て、ガイドをしてくれていた女性が急に持っていたハンドバッグでリスを叩き落とそうとしたんです。リスは素早く振り上げられたバッグを見てか、パッとどこかへ行ってしまいましたが、私は急な出来事だったんで驚いてきょとんとした顔をしていたんですよ。そんな私の表情を見て彼女が「レイビーズ」というような単語を指差して言いました。

私は意味が分からなかったのでスペルを聞くと「rabies」と教えてくれたので、早速その場で辞書を引いてみると「rabies＝狂犬病」ということでした。

どうやら、リスが狂犬病のウイルスを保持している可能性があるから、気をつけろということだったようです。

過去の夫の連載回のネタのように「奥さまはクージョ」でお土産は狂犬病なんて洒落になりません。

リスを叩き落とそうとしてくれたお礼を彼女に伝え、野生のアザラシを一緒に見てからラホヤを後にし、サンディエゴ空港からサンフランシスコに戻りました。

さて、夫への推薦本ですがパッと思いつくタイトルが無かったので、旅の間に読んでいた作品にします。

「野性時代」の連載の時から読んでいたし、単行本も持っていたのですが、ふと旅先で読み返したくなったのでKindle版を購入しました。

狂犬病は発症後の有効な治療法は存在せず、ほぼ１００％死亡します。

デビューしてから結構経つのに、作品数の少ない私が勧めるのも変かも知れませんが、次回はこれでよろしくお願いします。

妻から
夫への一冊

『小説講座 売れる作家の全技術』
大沢在昌 (Kindle版)

第10回　ハウ・ノウ・ノウハウ

円城 塔

課題図書……『小説講座　売れる作家の全技術』大沢在昌

もの書きはネットで自分の評判を探さない方がよい、というのは本当で、僕もやっていないのですが、たまに奥さんが調べてきて、①わざわざ教えてくれたりしますね。見ないようにしている意味がない。

前回うちの奥さんは、「電子化された本を予め選んで欲しかったわ」と言っていましたが、4〜5ページの〈ルール〉細則の二番目にあるわけですよ。「課題図書は紙の本でなければならない」。

僕は別に構いません。Kindle版しかないものでも、紙ではアクセスしにくいけれど、電子的にはアクセスしやすいものであっても。今であれば、

『小説講座　売れる作家の全技術　デビューだけで満足してはいけない』大沢在昌（角川書店・2012年）

①本当にやめて欲しい。

たとえば後藤明生[※15]などは電子の方が手に入れやすいですしね。

ルール細則の二番がああなったのは、「やっぱり紙の本に肩入れしておくべきではないか」「いやしかしウェブの連載でそう主張するのはどうなのか」「まあ適当でよいのではないか」といったような緻密な事前打ち合わせの結果だったはずです。今後もいい加減さが進行することが予想されるところではあります。

さて、今回の課題図書は、『小説講座　売れる作家の全技術』大沢在昌です。

そういえば、デビューしたての頃、とある出版社の編集さんに、「やはり、円城さんはエンターテインメントの長編を書くべきです」と勧められたことがありました。

「それは」……とこちらは宙を睨んで、「『新宿鮫』みたいな」。

「そうです」と編集さん。

「なるほど」と僕。

ということで、僕はある出版社から「『新宿鮫』みたいなエンターテイ

※15　後藤明生……1932〜1999年。小説家。

ンメント長編を書く」という仕事を受けている記憶があるのですが、そういえばその後、六年くらい連絡がありません。御連絡お待ちしております（いや、自分からしろって話ですね）。

本書はその『新宿鮫』の作者の大沢在昌さんが、自分の持てる小説技術の全てを惜しみなく公開した講義録です。『新宿鮫』のとわざわざ書く必要はないという人もいるかも知れませんが、その作者を意識していない人に本を手に取ってもらうのは大変なことだと、大沢さんも本書の中で書いています。

講義録ということで、実際に講義を受けている人たちがいます。講義を受け、実際に小説を書いてみて、大沢さんの講評を受け、という過程を繰り返し、最終的には、長編を書いて出版社に渡すところまでいきます。講義用のノートのようなものが公開されることはよくありますが、実際に受講生がいてやりとりまで収録している、というのは珍しいのではないでしょうか。

講義の内容は非常に具体的で、視点に合わせた描写、キャラクターの特徴づけの仕方、会話文の使い方、プロットの組み方、と順を追って解説がなされていきます。講義とエクササイズ型です。

一応、僕も作家などをして暮らしているので、膝を打つところが非常に多いのですが、一番胸にきたのは「物語の最初と最後で主人公に変化のない小説は面白くない」という文章でした。そうですね。僕の書く話は、最初と最後で主人公に変化がないですね。今後長編のエンターテインメントを書くときのために是非覚えておきたい。

間違いなく、小説を書いて食べていきたいと考える人は読んでおくとよい本です。つけ加えたいと思うこともあまりないのですが、二つだけ。

実際、本をつくっている人たち、一人一人の顔が見えるようになってきてからがプロかどうかで、誰となら何をできるかを考えられるようになってからが本番です。小説業界がどうで、何々業界がどうで、流行がどうで、陰謀がどうで、というような大きな話をしているうちは、中に入ることはできません。

かといって、内部にばかり詳しくなるのは余計よくないわけで、既にデビューしている作家に直接会いに行くというのはあまりおすすめできません。本書を読む、くらいの距離感が、作家になりたいけれど、なり方がよくわからないという場合には適切なような気がします。

　二つ目。漱石が「文芸の哲学的基礎」でこう言います。「文法と云うものは言葉の排列上における相互の関係を法則にまとめたものであるが、小児は文法があって、それから文章があるように考えている。文法は文章があって、言葉があって、その言葉の関係を示すものに過ぎんのだからして、文法こそ文章のうちに含まれていると云ってしかるべきである」

　大沢流創作の秘密は、大沢さんの見いだしてきた法則で、法則に従うだけではなくて、自分なりに秘密を見つけられなきゃそれまでだ、と。滝沢馬琴の「②稗史《はいし》七則」やE・M・フォースターの『③小説の諸相』あたりなどの併読もオススメ。そういえば今思い出しましたが、僕は、保坂和志さんから『書きあぐねている人のための小説入門』をもらったことがあります。すみません、まだ読んでいません。読みます。

　僕などは他にできることもないので文章を書いて暮らしている口なので、その点、どこか軽薄です。こうした個々人の創作の秘密なるものはどんどん公開していって、ノウハウを蓄積していけばいいと思うわけです。

夏目漱石の文学観は今から見るとなかなか特殊で、文学の形式化、科学化を目指すところがあります。時代的なものもありますが、やっぱり個人の性格という感じもします。

②馬琴による物語作法。

③小説論、ですね。

すみません。いまだに読んでいません。

いっそ機械的に生成できるようなところまでいってしまえばよい。

といつも言っているわけですが、これは冗談半分、本気半分、場合場合で様々です。何を漢字にして何をひらがなで書くかなんかは機械的にチェックできてよいというかするべきだと思いますし、形容詞の使用頻度あたりも自分で統計をとってみればいいと思うわけです。全体に会話文の占める割合だとかも。それは勿論、「物語の最初と最後で主人公に変化があったか」を機械的にチェックするのは今はまだ難しそうなのですが、将来的に全く無理なものでもないだろう、とも思っています。実際にできるようになるかは関係なしに、もしかそういう日がきたときに、「そんなことは考えてもいなかった」という間抜けな事態だけは避けたいと思うわけです。

ノウハウを公開したくらいで圧倒されるものは、早めに圧倒されてしまうとよい、と考えているわけで、うまく言葉にできないので公開したくともできないノウハウ、ノウハウを公開してもなぜか他の人には実行できない事柄の存在、などが気になります。

自分としては、どうがんばっても削りきれない何か、そういうところに人間の人間たる人間味を感じているわけです。

料理のことを言われているようで耳が痛くなってきました。

機械にもできるようなことは機械にやらせてしまえばよいです。

さて、なぜかこの企画の内部で並行して走ることになった一人ダイエット企画。今月の体重は。

75・2キロでした。

む。前回が76・2キロですから、ちょうど1キロ減してますね。万歩計で計ってみたところ、普通に生活していても一日五千歩くらいは歩いていました。あまり動かなくなりがらな物書きという職業にしてはてくてく歩く方かも知れません。やたらと暑いこともあり、体力的に負けないように意識的に食べるようにしていたので、増えているはずだったんですが。「ダイエットしないダイエット」としては成功しているものの、いきなり盛り上がりに欠ける気もします。ダイエットものの冒頭としては失敗の部類に入りそうなところ、次回以降の展開に期待がかかります。

前回、本を入手できずに読めなかった、という荒業を披露してきた妻へ次回の課題とする本ですが……。

さっき引用した漱石の「文芸の哲学的基礎」にしようかと思ったのですが、何か妻に今一番不足していて、補充が急務なのは（前回で出張していた）アメリカの産業に関する知識なのでは、という気がしてきたので、エンリコ・モレッティの『年収は「住むところ」で決まる』で。なぜかこんな邦題ですが、原題は〝The New Geography of Jobs〟。北米の産業の配置転換と、組織の変化について概観した本ですね。実は妻と最初にサンフランシスコに滞在したときに読んでいたはずなのですが、つい先日、それとは全く気づかずに、日本語版を入手してまた読んでしまいました。何か読んだような話だなと思ってはいたのですが……、僕の英語力と記憶力はそんなもんですね。

夫から妻への一冊
『年収は「住むところ」で決まる』
エンリコ・モレッティ

第11回　よめよめ大ピンチ！

田辺青蛙

課題図書……「台所のおと」幸田 文
『年収は「住むところ」で決まる』エンリコ・モレッティ

夫婦揃ってえげつない風邪を引いてしまい、お互いこじらせてしまいました。

夫は口から肺を吐くんじゃないかと心配したくなるような咳をしています。

結婚してからこんなことになったのって初めてなんですよ。

夫は「君は看病向きじゃないから看病しないで！」と言っています。以前、熱を冷まそうとして布団の中に凍らせたペットボトルを入れたことがあり、それ以来夫は病んでいる時は私を傍に寄せつけようとしません。

『年収は「住むところ」で決まる　雇用とイノベーションの都市経済学』エンリコ・モレッティ（プレジデント社・２０１４年）

—しないでください。

さて、そんなこんなでしばらく2人共寝込んでいたのですが、私の方は先日やっと元気になりました。もう元気なだけでスキップしたくなります。気分は健康っていいですね。ルンルンですね。

ってなわけで、次回の課題図書は林真理子[※16]の『ルンルンを買っておうちに帰ろう[※17]』にしましょう。また次回へ！

…………。

と、いうのはダメですね。えーっと、すみません。課題図書ですが、実を言いますとまだ読んでいる最中でして、終わっていません。

「台所のおと」幸田文の方は読んだので、そちらだけレビューします。

それにしても、このリレー連載を始めてそんなに経ってないわけですが、夫は早くもやるんじゃなかった……というか、本の好みなんて皆同じじゃないっていい加減に分かっただろう的なことを言っています。

私としてはまだまだお勧めしたい本があり、もっと続けていきたい連載なんですが、夫はそうでもないんでしょうか。

※16　林真理子……1954年〜。小説家。
※17　『ルンルンを買っておうちに帰ろう』……林真理子のデビュー作エッセイ。主婦の友社。1982年。

次回の連載時にお返事ください。（妻より）

課題図書「台所のおと」幸田文（『台所帖』所収）

あらすじ。

小料理屋を営んでいる料理人の佐吉は、病床から台所に立つ20歳年下の女房あきの料理をする音を聞いています。

佐吉はあきの料理をする音を聞いていると、自分も調理場に立っているような気持ちになって心が慰められるのです。

あきが料理をする音から、彼女が何の食材をどのように扱っているのか、どんな心持ちなのか、事細かいことまで佐吉は分かってしまうのでした。

あきは医師から佐吉が不治の病に冒されており、またそのことを本人に悟られないようにと告げられています。

佐吉が気が付いているのではないだろうかという予感と、時々言ってしまいそうになる気持ちを抑えながらあきは包丁を振るいます。

いつもと変わらぬように振る舞っていたつもりのあきですが、台所の音に変化が現れはじめてしまい……。

著者の幸田文は、隙のない、いつも気を張って周りに敬意を払いながら、日々を暮らしていた人なのだろうか。

実際、幸田文の孫、青木奈緒によるあとがきには、家族の中では「切目ただしからざるは是食らわず」と伝えられてきたと書かれていた。

乱雑さのない整えられた幸田文の台所と、父、露伴の教えを受けた包丁の鮮やかさについての記述もあり、何をするにしてもキュッと気を引き締めて幸田一家が挑んでいたのが良く分かった。

そういったものが脈々と受け継がれており、珍しい四代続いた文筆家の家系の礎となっているのかも知れない。

だらしないという文字を切り抜いて人間にしたような生き物の私からすれば、そういう生き方には息苦しささえ覚えるのだけれど、夫はいつも規則正しく生活して欲しいと、私に口が酸っぱくなるほど言い続けているので、この本を通してもっとしっかりしなさいと伝えたかったのかも知れない。

この連載に関するルールも先に破ってしまったのは私の方だった。

決めたことは守り通して当たり前というような性格の夫は、よく私と生活していて発狂しないものだなあと時々感心すらしている。

耐えることに慣れているのか、それとも連載の初期にあったように野生の熊と生活しているようなものと思って諦めてしまっているのだろうか。

幸田文の美しく整えられた文章は、最初読んだ時、高い山に湧く澄んだ清水のような印象を受けた。

夫は著者と作品は分けて考えるべきというようなことを家で言っていたと思うのだけれど、私は小説というものは書き手の性格や生活を反映したものだと思っているので、どうしても著者＝作品と受け止めてしまう。

実際、私の書くものは気まぐれで、乱雑で、見ていると嫌になってしまう程、私そのものを反映したような文章だからだ。校閲の人はさぞや毎回骨を折っているだろうなと思う。

「台所のおと」の登場人物である佐吉は、足音や蛇口を捻る音で、全てが分かってしまう。例えば水音ひとつで「それがみつばでなく京菜でなく、ほうれんそうであり、分量は小束が一把でなく、二把だとわかって、ほっとする安らぎと疲れを感じる」ときたものだ。

ここまで来ると職人の勘や経験によるものでなく、エスパーのような能力だなと感心してしまう。

でも考えてみれば、うちの夫も似ていて、私の足音や生活音で、やれ、仕事が上手くいっていないだろうだの、夜間に盗み食いをしていたのだろうと全て言い当てられてしまう。

私もあきを見習って、夫に心の安らぎを与えられるような、静かでいて無駄のない音を出して生活するべきなんだろうか。いや、しなくちゃいけないのかも知れない。

でも普段どたどたと熊に喩えられるような足音を立てている私が、明日からやってみよう！　と言っても難しいに違いない。とりあえず戸の開け閉め等、気が付いたところから直していこうと思う。

私の音が変われば、夫も私のことが獣でなくもっとなんていうか、色っぽい人妻とかに見える日が来るかも知れない。

さて、夫への課題図書ですが、ルンルン……ではなくて、何にしましょう。

病床の人間にお勧めして良い本……読みやすい漫画が良いでしょうか？

そんなわけで、次回は『黄昏流星群27巻』弘兼憲史（ビッグコミックス）の中の「五里霧の星域」です。『黄昏流星群』は好きなエピソードが多いんですが、SFっぽくてそれでいてちょっとホラーな話を選んでみました。

理由は他にもあって、家でよくこれって弘兼憲史の作品の○○みたいなアレだよね？　みたいな話が夫に全然通じないので、1作品読んでもらいたいと思ったわけですよ。

次回こそ、2冊レビューやります。すいません!!!

夫は、そのうち君は読まずにレビューをやらかすに違いない、表紙や題名から内容を予測とかして書くだろうと言っていますが、そんなことはしませんよ……たぶん。

妻から
夫への一冊

「五里霧の星域」弘兼憲史
（『黄昏流星群27巻』所収）

第12回 手探り夫婦

円城 塔

課題図書……「五里霧の星域」弘兼憲史（『黄昏流星群27巻』所収）

なにかもう6月は風邪を引きどおしで、ほとんどなにもできない状態でした。本当は中旬に中国へ行く予定だったのですが、その頃は激しく咳き込み続けていてものが話せる状態ではなかったので断念。

下旬までに咳以外は治ったのですが、一週間ほど何もなかったところで、また風邪を引いてしまい、そのまま月末までダウンです。どうにもできない。

無論、病院へは行ったのですが、肺炎になっているわけでもなし、気管

『黄昏流星群』弘兼憲史（小学館・1996年～）

支炎になりかけ、咳喘息になりかけくらいですかね、ということで、何もなくてこれなら肺炎はどれだけ苦しいんだという話ですよ。そのへんで咳き込んでいる大学生の人なんかは、早めに病院に行っておくのがお勧めです。できれば呼吸器科に。

結局、風邪を三つくらい乗り継いだ感じなのではということになりました。

そんな調子で暮らしていたので、生活はもう滅茶苦茶で、食べたい時に食べられるものを食べられるだけ食べるということをしていました。奥さんも看病を申し出てくれたのですが、ええと、そうですね。あまり看病向きの人ではないですね。体が弱っているときにうちの奥さんの手料理はときに危険なことがあります。なによりも張り切りすぎて自分が寝込んだりするのでよくないです。

思い出しましたが、僕はダイエットをするとたいてい風邪を引き、その間はやっぱり食べなきゃと色々食べては体重が戻り、ダイエットしなきゃといっては風邪を引き、を繰り返しているのでした。今回もまた体重が戻っているんだろうな……と、視界の下の方に自分の頬肉が見えています。

そーっと体重計にのってみて、さて今月は。

75・9キロ。

む。増えてはいるけど、先々月まで戻ったわけでもないですね。むしろここで安定している、ということなのでは……。と、相変わらず盛り上がらない企画内ダイエット企画でした。


今回は、リレー相手の田辺青蛙さんからお手紙を頂いています。

「それにしても、このリレー連載を始めてそんなに経ってないわけですが、夫は早くもやるんじゃなかった……というか、本の好みなんて皆同じじゃないっていい加減に分かっただろう的なことを言っています。

私としてはまだまだお勧めしたい本があり、もっと続けていきたい連載なんですが、夫はそうでもないんでしょうか」

とのことなんですが……。

「本の好みなんて皆同じじゃない」のは最初から分かっていることなので、別に思うところはありません。その意見を言ったの[①]は別の人なのではないでしょうか。あるいはあなたの想像上の人物なのではないでしょうか。一

①確かに聞いた気がするんだけどなあ。夫にそっくりな生き物が我が家の中に現れるってことでこの話は御終いにしてしまいましょう。

年に三百冊くらい本を読む人同士でも読んでる本が全くかぶらない、なんていうのは珍しいことではないですしね。

ただ、僕の中でこの連載が、「続けるごとにどんどん夫婦仲が悪くなっていく連載」と位置づけられつつあることは確かです。僕の分のエッセイが掲載された日は、明らかに妻の機嫌が悪い。

「読んだよ」と一文だけメッセージがきて、そのあと沈黙が続くとかですね。

どうせ自分は○○だから……と言いはじめるとかですね。

あんなことを書かれると、誰々から何かを言われるから困る、とかですね。

書いたもののせいで作家同士の関係がどうなっても別に構わないのですが、夫婦関係がこじれるのは嫌です。

そういうことになる予感がしていたので、ルール細則の九番に、「エッセイの内容について家庭内で相談してはならない」を入れてもらったのですが、明らかに家庭生活に支障が出ています。なにか、自分の分が掲載されてから一週間くらいは気が沈み、妙に哀しい気持ちになります。仕事と家庭は分けようってことですよ。　著者と作品を分けようってことでもあります。

と、ようやく今回の課題図書まで辿り着きましたが、『黄昏流星群27巻』です。『黄昏流星群』自体は、どこかでちらりと見たことがある、くらいでしょうか。そういうものもあったな、といったところです。

少なくとも結婚当時、妻は僕よりかなり若かったはずなのですが、漫画の趣味は僕の一回り上くらいの感じがあります。家庭の話題によく出てくるものが、『ゴルゴ13』[②]であったり『美味しんぼ』[③]であったり、『○○島耕作』[④]であったりしますね。どうも雑誌で連載を追っているらしいのですが、好きな小説は『鬼平犯科帳』[※18]で、愛読している週刊誌が「週刊新潮」と続くと、ただのおじさんを相手にしているような気分になってくるというものです。

話がズレましたが、その『黄昏流星群』の27巻です。27巻。僕はあれです。続き物は頭から読みたい口です。順番に読んでいかないと落ち着かない。たとえ「三毛猫ホームズ」[⑤]シリーズを読むとしても最初から読んでい

②撃つ漫画。

③食べる漫画。

④どういう仕事なのかいまひとつわからないながら出世する漫画。

※18『鬼平犯科帳』……池波正太郎による時代小説。文藝春秋。1967〜1989年。

きたいです。

うーん。しかし二十七冊はちょっと……。と、MARUZEN&ジュンク堂書店梅田店（近場ではここしか全巻置いている書店が見つからなかった）の漫画の棚の前で腕を組みつつ考えまして、ま、いいか、と27巻だけ買って帰ってきました。短編集ですし、27巻はそれだけで独立しています。漫画喫茶……に行く習慣がないんですよね。

あらすじ。

高校の同窓会で四十年ぶりに再会した四人の中年男性。皆でつるんでいた頃を思い出して意気投合、一緒にゴルフにでかけることになりました。ゴルフ場からの帰り道、深い霧の中に迷い込んだ一行は周囲を霧に包囲された街に出ました。全く人気のないその街は、人間の思い浮かべたものをそのまま実現させる場所だったのです……。

全く知らなかったのですが、「五里霧中」は「五里霧」の中であって、

⑤赤川次郎の代表作（の一つ）。1作目は『三毛猫ホームズの推理』。1978年刊ということもありさすがに時代色が強いが、きちんとミステリしていてそのことが意外だった記憶が。

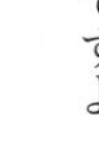

「五里」四方が「霧中」ではないんですね。「五里霧」がなんなのかはお話の中に書いてあるので、気になる方はそちらでどうぞ。

さて、あらゆる思考が実現されてしまう、そこでどうする型のこのお話ですが、思い浮かべたものが何でも実現するわけではありません。この場合、自分が実際に経験したことがあるもの、であれば実現することができます。だからきっと、マシュマロマンとかは駄目ですね。

思考が実現される型の話として珍しいのは、思考する人間が四人いて、それぞれ知り合いだというところです。自分の経験を思い出して再現することができるわけですが、それは四人に共通した経験だとは限りません。でも四人が一緒に過ごした時期を思い出す限り、互いに矛盾するようなものではないわけです。

思考が実現される霧というと、とってもSF的ですが、四人の思考はあくまでも日常と連続していて、突拍子もない方へは向かいません。話の中で話題に出される『ソラリス』のエピソードにもそれなりに生々しいところがありましたが、こちらはもっと日常生活としてそのままです。いや、基本的に中年以降の日常の心の揺れ動きを描く『黄昏流星群』でいきなりハードSFを展開されても困るわけですが。
　こういうゆるやかに奇妙で、でも現実からそのまま地続きな雰囲気は、どうなのでしょう。小説よりも漫画の方に、SFよりもなにげないお話の方によく保存されている気がします。今こういうSF小説を書く人いないよなあ、と、うまく書いていく方法はないのかなと、なかなか面白い課題のような気がしてきました。

『黄昏流星群』は割とSFものもありますよ。

　さて次回の課題図書ですが。
　うーん。なんでしょう。基本に戻って考え直すと、この企画は、相互理解を深めるためのものだったはずですが、あんまりうまくいっていないような気がしますね。前々回の「台所のおと」は、あれはいくらなんでも厳しすぎるよなあ、とほのぼの同感できるとよいな、と思っていたのですが、要求を突きつける、みたいな形になってしまいましたしね。
　まあ、あちこちの明かりを消して歩いたり、ドアを閉めたり、キャップを閉めたり、自立するしゃもじを横に倒したりしないでいてくれたり、洗った皿は大きさ別に積んでくれるくらいで十分なのですが。

下げた食器は水につけておく、段ボール箱はたたむ、も足しておきます。

そうですね、このあたりで単に自分が好きなものを放り出してみるというのもいいかも知れません。自分でも何で好きなのかよく分からないし、特に人に勧めるわけでもないけれども気になり続けているものとして、「プールの物語」。

『錯乱のニューヨーク』レム・コールハース、鈴木圭介訳（ちくま学芸文庫）に入っています。

夫から
妻への一冊

「プールの物語」レム・コールハース

（『錯乱のニューヨーク』所収）

第13回　錯乱気味の現場から

田辺青蛙

課題図書……『年収は「住むところ」で決まる』エンリコ・モレッティ
「プールの物語」レム・コールハース（『錯乱のニューヨーク』所収）

先日お会いした某SF作家さんからハラハラしながら連載を見守っています。夫婦仲は大丈夫なんですか？　という質問を受けました。大丈夫ですよね？　違いますか？　違うんですか？　どうなんですか？　山は死にますか？　海はどうですか？

あっ空、青い。

なんとなく、夫とは夫婦というか、同居人というような感じの気分でいます。

『錯乱のニューヨーク』レム・コールハース（ちくま学芸文庫・1999年）

『黄昏流星群』の4巻に「流星美人劇場」って作品がありましてね、ママとチーママが愚痴りあいながら20年同居してるって内容の話なんですが、ああいうのが実をいうと理想の関係だったりします。

例として出て来るのが、同性の同棲話なわけですが、ずっと一緒にいると性差もなくなり、なんというか気が付けば腐れ縁のモテない2人が「ちょっとあんたさあ〜」みたいな軽口を叩きあいながら仕方なく一つ屋根の下に住んでいるという……そういう状態って良くないですか？

どうですか？

っていうか、自分は夫のことをどれだけ知っているのか自信がなくなってきました。

そういう関係だと思っていたのは、こちらだけですか？
披露宴の時に編集者さん[1]が「円城さんといえば、砂肝が好きな方で……」ってスピーチしているのを聞いて、へえ、砂肝が好きなんだって初めて知ったくらいですし、何も分かっていないのかも知れません。

この連載で夫婦仲が悪くなっていたことにも気が付いてませんでしたよ。

時々夫は黙って機嫌が悪くなっていることがあるんですが、それもきっ

それ、夫婦じゃないのでは？

①僕の記憶だと大森望さんです。

と原因があるんですよね？

もう、なるべく早いうちに謝っておくことにします。「ごめんなさい」。

夫はなんとなく、ある日突然「分かってくれないから……」とかそういう一言が書いてある一筆箋をのこして旅立って行きそうな予感があるんで、不安なんですよ。

最近も体調が良くなったと思ったら『雨月物語』の舞台の地に出かけていき、家に戻ると「高野山行ってきた……」とか「奈良の寺はいいね……」とか「庵かあ……」みたいなことを言っていますし、長距離を歩ける靴を調べているようで、お遍路に出かけたり、東海道を歩きたい等とは以前から何度も本人が言っている姿を妄想などではなく「確かに」目にしているので、煙のようにどこかに消え去ってしまわないかと心配です。

と、錯乱気味な自分ですが、レビューしていきますよ！　えい！

『年収は「住むところ」で決まる』エンリコ・モレッティ著、安田洋祐解説、池村千秋訳
原題は〝The New Geography of Jobs〟。著者はイタリア出身で、現在

上田秋成の書いた怪異譚集。この時期、河出書房新社『池澤夏樹＝個人編集　日本文学全集』所収『雨月物語』の現代語訳をやっていた。高野山へ行ってきた理由については、同全集所収のあとがき参照。

カリフォルニア大学バークレー校で教鞭をとっているそうです。

ビジネス書は普段読まないんですが、興味深いトピックが並んでいて、例として出されている都市の話も面白く、手にとって損はない、読んで良かったなと思える一冊でした。

ちなみにダイジェスト版をウェブで読むことが出来ます。通勤途中に読むのに向いているかも知れません。

私は仕事の関係でアメリカと日本を定期的に行ったり来たりしています。ニューヨークのマンハッタン島より何故か高いサンフランシスコ市内の家賃（しかも毎年5％ずつ上がっていきます）や、理不尽としか言いようがない交通事情などに毎回行くたびに翻弄されたりするわけで、そういうことを愚痴るたびに何故、カリフォルニア州、それもサンフランシスコに拘《こだわ》るのかとよく言われるんですが、答えはビジネス・チャンスがあるからです。

ただ、度重なる水不足や流石にこの狂っているとしかいいようがない家賃や物価の上昇によって、企業もシリコンバレーからテキサス州等に移りつつあるようで、アメリカの企業分布図も今後数年のうちにがらりと姿を変えるかも知れません。

　本書の中には製造業の下請けによって、人口が３００倍に膨らんだ町が紹介されています。

　シアトルにマイクロソフト社が来たことで大きな変貌をとげたエピソードも本書の中に書かれています。

　ソーシャルメディアについてや、移民問題、日本やアメリカの抱える雇用の問題や、地域に住むインテリ層や金持ちの存在や役割など、具体的な例を基にレクチャーしてくれるので、こういう教授のもとで教わることの出来る学生は幸運でしょう。

　私は個人的に副業を幾つか持っていて、アメリカでも起業を行ったことがあるので、なるほどそうかと読んで気付かされることも多かったです。

　アメリカはチップ制度がありますし、富裕層の個人の寄付や使う金額によって周りに住む中間層や労働層にまで影響があるというのには納得です。

　帯にあるとおり「イノベーション都市」の高卒者は、「旧来型製造業都市」の大卒者より稼いでいるのです。

学歴がかなり重要視されるアメリカでそうなの？　と最初驚いていたのですが、どういった人が集まる町に住んでいるかで、個人の収入が決まるというのは、例を挙げられれば、それはそうだなと容易《たやす》く納得できました。

日本の場合、都市構造が違うこともあり当てはまらない点もありますが、海外で暮らそう、もしくは働こうと思う人は知っておいて損はない情報だと思います。

そういえば以前、アメリカに行った時に日本人町でこんな話を聞きました。

「最近、日本からアメリカで一旗あげてやろうという人が来なくなった。昔はデザイナーなり、日本食レストランの経営者なり、音楽家なりそれなりの数がいて、みんなテーブルを囲んで夢を語っていた。

だけど最近は見ないし、話を聞くのはシリコンバレーあたりで何やらアプリを作ってスポンサーを探しているとかそういう人ばかりだね。全くいなくなったわけではないけれど、確実に数は減ったよ。

アメリカン・ドリームなんて古いものになったのだろうか？　でも、英語を習いたがる人は増えたみたいだし、昔と比べると随分上手く英語を喋れる日本人がいるみたいじゃないか。

何か夢を持つってことよりも、英語を使ってただ平凡に暮らす方が幸せなんだろうか？」

この話を聞いて思ったのは、同じ収入を得られたとすれば、確実にアメリカよりも日本の方が豊かな生活が出来るからではないかということでした。

物価や家賃はベイエリアの場合、日本のほとんどの都市よりも高額ですし、娯楽施設や物はアメリカの方が日本よりも少なく、サービス面でも日本の方が面倒なチップもないですし、私が日本人で、日本語が通じるからそう感じるだけかも知れませんが、アメリカより日本の方が住み良いです。

ただ、それはベイエリアの場合で、郊外に行くとまた別なんですけどね(ベイエリアでは家賃を月に30万円程支払ったとしても、そんなにいい環境の場所に住めるとは限りません)。

英語と日本語が出来るというスキルも、アメリカ国内では強いアピールになりませんし、就職で語学を役立てたいと思うなら、アメリカ国内の企業よりも断然日本国内の企業の方が有利でしょう。

先月、テキサス州から来た人と話す機会があり、日本で何をしたい？と言ったらまずは買い物と答えていました。「アメリカではシンプルな白いマグカップを買おうとすると6ドルほどの値段が平均的だけれど、日本なら100円ショップがあり、色んなものが安く買えるでしょ。アメリカでは良いものは高くて当たり前だけれど、日本は安くていいものがあるもの」と言うのです。

今さっきレートを調べてみたところ1米ドル＝123・808345円（2015年7月16日）でした。

面倒なので、120円ってことにして120×6＝720円。ベイエリアには日本から進出したダイソーがあり、3ドルで買える食器がありますが、まあ、どこを見ても全体的に物価は日本より高い気がします。

アメリカからの留学生を受け入れているホストファミリーが、日本で何がしたい？　どこが見たい？　と訊いてみたら、ドン・キホーテやブック・オフを挙げる子がいて、連れて行ったら一日中帰ってこなかったとか、そういうエピソードを何度も聞いたことがあります。

もらえる金額が高くっても、出て行く金額も大きくなる……それがアメリカのイノベーション都市の生活なのではないでしょうか？　アメリカでは住む場所で階級意識も違い、平均寿命すらも大きく異なります。平均的な暮らしの差がさほど無い日本の方が、中流層にとっては楽なのではないかと感じています。

と、なんだか話がそれてしまいましたね。って毎度のことですか？

こういうところが夫との距離感というか、すれ違いの原因なんでしょうか？

都市経済学について、詳しく書かれている本は分かったので、今度は夫の気持ちが分かる本が知りたいですね。っていうか、日記とか、個人的な本をお勧めしあうのは有りですか？

まあ、そこに「妻と別れたい」とか書かれていたらどうしようもないわけですが。

って、ルールを読み直すと、そういう本は選べないってなっていますね。すみません。


賃貸マーケットプレイスを運営するZumper社調べの2015年9月の全米家賃ランキングでは、家賃が高いのはサンフランシスコが1位で、1ベッドルーム（日本でいう1LDK）の平均賃料が月$3530（約42万4000円）、2位のニューヨーク：$3160（約38万円）や3位のボストン：$2270（約27万3000円）を大きく引き離している。

なんだか今回のレビューエッセイは謝ってばっかりですね。

では、次いってみましょう。

「プールの物語」レム・コールハース（『錯乱のニューヨーク』所収）
これのあらすじ、どう書けばいいんでしょうか？

あらすじ。

共産主義のソビエト、モスクワから資本主義のアメリカ、ニューヨークに泳ぎ手と共に漂流（フローティング）プールがやって来たよ！　ヤァ！　ヤァ！　ヤァ！

夫の書いているのもこういう作品とカテゴライズされるのかも知れませんが、どう表現すればいいんでしょう、遠い宇宙の出来事のような小説と喩えれば良いんでしょうか？

正直言って、上手い感想が頭に浮かんできません。

それじゃ、プロ失格じゃないかと言われてしまいそうですが、無理なもんは無理です。短い話で、場面場面は美しく、何故かプールの縁の赤錆やメダルから滴り落ちる水滴、険しい表情の旧ソ連の泳ぎ手の男達が、それこそ、鋭利なナイフできちっと切り取られたばかりの角の立ったチーズのように浮かんでくるのですが、どんな話なの？　と問われると戸惑ってしまうんですよ。

　眠りが浅い時に見た、淡く美しい夢というと、陳腐な表現かも知れませんが、よく内容が思い出せないけれど、見ていて心地よかったところだけは覚えているよというような作品でした。

　それじゃよく分かんないよ！　という人は、この短編を実際に読んでみてください。頼みます。

あーえー、課題本を考えないといけないですね。

ああ、そうだ。今回は色んな意味でずっと気になっている作家、倉阪鬼一郎さんの作品を夫の課題図書にします。

　校閲泣かせの作品を書いている夫は一度読んでおいた方がいいでしょう(既読だったら、すみません)。

　今Wikipediaで知ったのですが倉阪鬼一郎さんの弟さんは環境経済学者なんですね。

さすがに、実際に読んでみてください、が多すぎはしないか。

うっ……。

既読だと駄目というルールはない。

そんなわけで怪奇と幻想と経済の入り混じったレビューに今回は……なっていませんね。

妻から夫への一冊 『活字狂想曲』倉阪鬼一郎

第14回　生活の品質を管理する

円城 塔

課題図書……『活字狂想曲』倉阪鬼一郎

そういえば僕は、基本的に珈琲が飲めません。こうなんとなく、お腹の調子が悪くなります。飲めるようになったのは、一年ちょっとの会社勤めをしたときからで、三十代の半ばからです。飲めないと仕事にならない——というほどではなかったのですが、まあ飲めた方が便利だったので、ちょっとは飲むようになりました。それ以前でも、仕事の打ち合わせなんかのときには、とりあえずブレンド、みたいな感じでやっていたので、全く飲めなかったわけではありません。でも未だに苦手で、積極的に飲みたいものでもないのです。

『活字狂想曲』倉阪鬼一郎（幻冬舎文庫・2002年）

このところ妻が、寝る前に「珈琲いる？」ときいてくれることがあり、(別に好きなわけではないが、今日は体調もよいし、せっかく淹れてくれるというなら)「もらう」と返事をしたりしていました。

でもここでうっかりしていたのは、右の括弧の中身を伝えていなかったことで、まあすると、「この人は珈琲を好むのだ」と思われても当たり前です。なにかこう、悲劇につながっていきそうな認識のズレですね。

僕は怪奇っぽい表紙の本が苦手で、ってこれは一回目にも書きましたっけ。どうして妻は部屋中に気持ち悪い絵の本をわざわざ表紙を上にして並べておくのか、嫌がらせなのか、と思っていたりしたものですが、妻としてはそもそも僕が気持ち悪いと感じるとは思っていなかった、とかいうこともありました。

別に一緒に暮らしているからといって、以心伝心、そこに座れば相手のことがピタリとわかる、ということもないわけです。そんなことは知っているのですが、ただ知識として知っているのと、実感するのはやっぱり全然違います。

僕から見ると、このところのうちの暮らしは、前回妻が理想として書いていた、「ママとチーママが愚痴りあいながら20年同居してる」状態に近づいているような気がします。

先日ふと、食卓に見なれぬ菓子パン（賞味期限きれそう）がずっと放りだされたままだな、と気になって、あれは何のつもりなのかときいてみたところ、「食べるかと思って」とのことでした。

不器用なママの「きづかい」でした。

「ちょっと、そんなの言ってくれないとわかるわけないじゃない、またなんか妙な儀式のお供えかと思ったわよ」（チーママ役の夫）

「なによ、よく腹減ったとか言ってるから買ってきたんじゃない」

とのことで、まあ、仲良くやっていくとよいのではないかと思います。

……これはどちらかというと、同居している女性同士というよりも、女性口調の男性同士かも知れません。

夫としては、そうですね。弥陀の本願とか、念彼観音力とか、観音の大慈大悲とか、外道照身霊波光線とかですね、なにかそういうものにすがるべきではないかと考えたりすることもあります。

ダイヤモンド・アイの発する光線。レインボーマンの技ではない。

あ、ちなみに、「長距離を歩ける靴」は心斎橋にあるシューフィッターさんのいる店で買ってはき続けて二足目、既に二年目になります。先日は、トレッキングポールなども買ってみました。

今回の課題図書は、倉阪鬼一郎さんの『活字狂想曲』です。

作家生活の傍ら、十一年間、印刷会社で文字校正の仕事をしていた著者のまわりで起こった、1989年から1996年までの出来事を記しています。日記、というわけではなくて、そのたびごとに同人誌に掲載されたエッセイ、と呼ぶには生々しく、でもただの日常の記録というわけでもありません。きちんと整理、編集され、フィクションのようにも読めればノンフィクションとしても読め、考え方を楽しむことも、業界の裏話を追いかけることもでき、人間関係にはらはらもできる、と豪華なつくりになっています。

文字校正という仕事にはなじみのない方も多いはずですが、文章を扱う人間はみなお世話になっています。文字の間違いを指摘する仕事です。と書くと、そんなことは誰でもできるとつい考えがちですが、決して、誰にでもできる仕事ではありません。たとえば本書に出てくる例ですが、「2月12日　OPEN！」と「2日12日　OPEN！」の区別はつくでしょうか。僕はこの違いがしばらくわからず、何度見ても同じに見える……ここに誤字があって同じに見えるというひねったオチなのでは……とか考え込んでいたりしました。校正に全く向いていません。

自分の小説なんかでも、ちょっとかっこうつけて引用すると、どんなに短くても間違えますしね。そうなると知っていてなお、間違えます。知ってるだけでは駄目なのです。間違いが必ずあるとわかっているのに見つけられない。しかたがないので、あらかじめ校正さんに、絶対間違いがあるはずなので、と頼むことにしています。

そんな校正業界裏話としても面白いのですが、会社が次々と打ち出してくるQC（クオリティ・コントロール。品質管理）の方針とのすれ違いっぷりがやはり興味深いです。日本のQCはなぜか、みんなで旅行するとか、体操をするとか、体験を打ち明けあうとか、仲間意識を高めていこう系に突っ走りがちですが、そういうものはえてしてホラーっぽい展開につながるものです。文字の間違いを見逃すよりも、こちらの方がよほど恐ろしい。

文字よりやっぱり人間が怖い。

でも他方で、経営者の視点（僕はただの自営業者ですが）で見てみると、どこの誰とも背景もよくわからない人たちを集めて仕事をするということになると、とりあえず洗脳的に結束強化を試みようという気持ちになるかもなあ、とも思ったりもするわけです。

雇用される側の立場で、QCなんて駄目だろ、と思う気持ちと、雇用する側になってQC的なことは考えざるをえない、という気持ちになることが特に矛盾なく両立してしまうということが一番怖いな、と思ったりします。

21世紀の電子化の嵐に見舞われ、印刷業界の体制はここからずいぶん変わってしまったのではと思うのですが、人間関係なんてものはそうそう変わるはずもないので、本書が古びるということはなさそうです。

電子書籍なんてものも登場してきて（と書いているこの連載自体、元はウェブでやっていたわけですが）、コンピュータとネットワークの利用で、出版、印刷業界における作業が少しは楽になったのかというと……。そうですね。楽になったことは多いはずです。メールでやりとりができるようになったことがまず大きい。ほとんどタイムラグなしでやりとりできます。過去のデータを検索することもできますし、ＯＣＲなんかで、アナログデータをデジタルデータに変換できるようにもなりました。

でも、個人個人の作業が楽になったのかというと、どうでしょう。時間が余ったら余った分にする仕事が増えてかえって忙しくなったなんてことは珍しくもないわけです。周りの機械化ばかりが進んで、生身の部署の負担が増す、なんてこともありそうです。

僕は電子化も機械化も効率化も行けるところまで行き着くとよい派なのですが、しかしプログラミングができる人が労働環境に恵まれているかというとまあそんなこともなく、色々と難しいなと思うわけです。

ということで、次回はプログラマの健康を考える『ヘルシープログラマ』でいこうかと思ったのですが、残念、他の用事のせいで、自分が読み切ることができませんでした。うーん。しかし、生活の質、みたいなことを本気で考えないとしんどい歳になってきたりもしており、心静かな暮ら

プログラマが健康管理としてできることを列挙した本。人間何ができるかは時間管理に大きく左右され、なかでも病気は効率の悪いものである。

し、とか思わずつぶやいている自分を発見したりもする今日この頃。ちょっと長くなるんですが、いいですかね。『日本の鶯　堀口大學聞書き』関容子（岩波現代文庫）で。

さて、今月の体重は。

75・0キロジャスト。でした。

……大阪のわけのわからない暑さに負けないようにと、食べたいときに食べ、飲み、アイスをむさぼっているのですが、（わずかに）減っていますね。というか、たいして減るでも増えるでもない、という一番面白くない感じで進行中のこのダイエット企画、しばらくはこの体重で生きて行くという結論になりそうな気がしてきました。

夫から妻への一冊　『日本の鶯』関　容子

第15回　○○がお好きでしょう？

田辺青蛙

課題図書……『日本の鶯』関 容子

夫がコーヒー嫌いだったとは……全く気が付きませんでした。

コーヒーメーカーを買い、コーヒーの淹れ方の本を読み、フィルターの蒸らし方やら何やらに一時期こだわっていましたし、喫茶店に入るとメニューも見ないで「ブレンドで」と言っていたじゃありませんか。

海外でもよく飲んでいる姿を見ましたし、私はお茶やらミルクなんかを注文することもあるんですが、夫がコーヒー以外の飲み物を注文した記憶が……ほとんどないですよ。

連載が進むにつれ、色んなことが分かってきましたね。

『日本の鶯 堀口大學聞書き』関容子（岩波現代文庫・２０１０年）

一人のときは、アイスティー派です。

それにしても、一緒に暮らし始めてもう何年も経つわけですが、こうやって知っているようで知らない面が今後もどんどん出てきたりするのでしょうか。

さて、課題図書に移りましょう。

『日本の鶯　堀口大學聞書き』関　容子

堀口大學という詩人のことを今まで知りませんでした。ごめんなさい。

私は過去にボルヘス①をロシア料理屋の名前だと思い込んでいたり、ピン・チョン②を中東の香辛料（赤くてピリッとする）、シュオブ③はトルコ辺りにある町の名前……と物凄く失礼な思い込みをしていて、怒られた経験があります。うちは夫が読書家なんで、妻もそうだと思い込む人がたまにいるんですが、私が最近読んだ本と言えば……『真・怪奇心霊事件FILE』と『吉田類の酒場放浪記　9杯目』と『昭和ちびっこ怪奇画報　ぼくらの知らない世界1960s〜70s』『ちはやふる28巻』※19『決してマネしないでください。2巻』※20で、小説とか文芸本が入ってない有様です。これは良くありませんね。

①アルゼンチン料理。でもない。

②その切り方はなに？

③シュオブは僕も、ヘブライ文字のどれか？と思ったりしましたね。

※19　『ちはやふる』……末次由紀による漫画。２００７年より『ＢＥ・ＬＯＶＥ』にて連載中。

私は、作家になる為には小説を読むべきだと思っているので、そろそろ文芸誌や小説を読む日々に突入しないとアカンと思っているのですが気を抜くとついつい別のジャンルの書籍や漫画に目が移りがちです。これは本当にいけませんね。そんなんだからお前は三流以下の作家なのだと天の声が聞こえてきそうなところで、感想に戻りましょう。

本の中の堀口大學は87歳なんですが、本書の中では全く老いとは無縁の存在感を放っています。艶っぽい思い出に浸りながら、与謝野晶子[21]の美しい紫の色について語ります。今はもう失われてしまった場所や人について詩でも吟じるようにしなやかな指の動作をもって堀口が語る様子がありありと本から浮かび上がって来て、こういう聞き語りの本をなんと言うのでしょうか、その場で堀口発言にうなずいてしまうリアルな会話がここにはありました。

で、本書で一番気になったのが堀口大學の口調です。

少し引用してみましょう。

※20　『決してマネしないでください。』……蛇蔵による全3巻の漫画。講談社。2014～2016年。

※21　与謝野晶子……1878～1942年。歌人。

「さあ、押してみようかね。紙ならいいのがたくさんあるの。あなたのうしろのそこから紙を出して。そう、上から三番目の箱でしょう。一、二、三、で引き出して。ほら、見なくても分かるのよ」

夫もたまにこの口調で喋っていることがあり、なんでこの人は時々女性っぽい言葉なのかしらねぇ？　と思っていたのですが、これは女性っぽい言葉じゃなくって、堀口大學の喋り方が文体から伝染したものだったのですね。

円城「今日は買い物に行ったら梨が出ていたので買って来たのよ。梨にパルミジャーノに松の実をかけたものって美味しいでしょう。あれっていいあわせ方だと思うのよ」

その後に廃人が……というようなことを言うので、ああ、この人はとうとう頭のどこかがおかしくなって廃人になったのかと思いきや「俳人」のことだったのを思い出しました。

イチゴとミント

蕪と白葡萄、無花果とチキン

カボチャとすもも

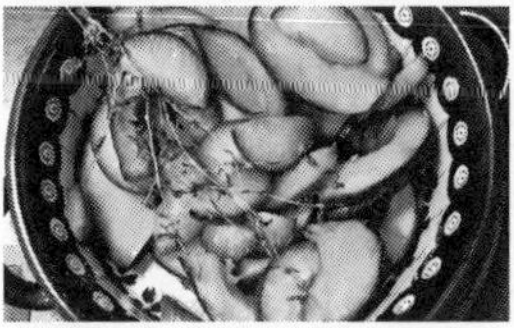

林檎とジャガイモのグラタン

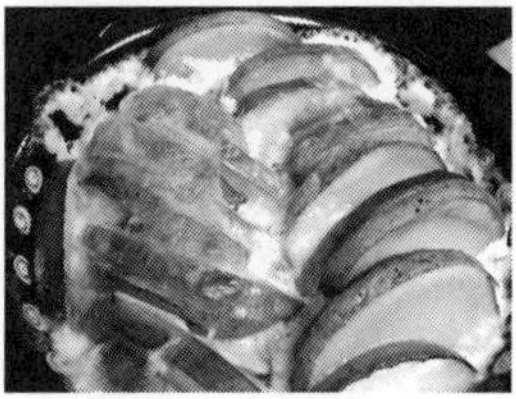

チーズと焼いた柿

小説を書き、旅をし、陶印を愛で、本を読み、美酒を味わい、数式や物理だかの世界に浸る、そういうのが夫の理想的な暮らしなのでしょうか？

多分違うような気もしますが、とりあえず今の暮らしは夫の望んでいる美しい落ちついた生活とは程遠いのでしょう。

でも、ふと私自身どのような暮らしを望んでいるのかと問いかけられても咄嗟に答えられないことに気が付きました。

とりあえず最近睡眠不足なんで思う存分寝たい……1日でもいいから布団でぐっすり眠りたい……希望はこれくらいです。

家にはよく果物料理が溢れています。

本当はもっとあるんですが、写真を撮影する前に食べてしまったのもあるので、掲載出来るのは今のところこれだけです。

果物を使った料理、桃とモッツァレラと檸檬が特に好きで、それは撮影を待ちきれず食べてしまうので、ここにはありません。

西瓜、桃、無花果、どれも私の好物なのですが、夫はちょっと苦手……と言ってあまり箸をつけようとしません。

好きでもないものを夫は何故作り続けるのか、そこが気になるところですね。
まあ、多分変わり者で天邪鬼《あまのじゃく》だからというような他愛もない理由な気もしますけど。

さて、次回の課題図書は何にしましょうか。
果物料理の話題が出たってことで、夏の果実！　西瓜をテーマにした一冊にします。
『人間にとってスイカとは何か　カラハリ狩猟民と考える』池谷和信（臨川書店）
スイカー！
あ、私は好きなものは好き、嫌いなものは嫌いとハッキリしていますよ。

妻から
夫への一冊
『人間にとってスイカとは何か』
池谷和信

ハッキリしすぎていて、好みではないものには箸もつけない。

第16回　スイカにとって人間とは何か

円城 塔

課題図書……『人間にとってスイカとは何か』池谷和信

まあ、嫌いなものでもやっているうちに好きになったりするものですしね。

僕は結婚するまで、食べ物は口に入ればいいやという性質で、むしろそれだけを食べていれば生きていけるという食品はないものか、と本気で思ったりしていました。

今でもたまに思います。どうなんでしょうね、ソイレント。ソイレントとは、と気になった人は、自分で調べてみてください。こういうところに、さっとリンクが貼ってあったりするのが、ナウいウェブだと思いますが、

『人間にとってスイカとは何か　カラハリ狩猟民と考える』池谷和信（臨川書店・2014年）

紙の本なので注をつけよう。それだけを飲んでいれば生存に必要な栄養素を十分量摂取可能とする栄養機能食品。需要は高いらしいが、実際にどうなのかは今後の結果を待たないと不明。

やりません。いや、担当さんがどこかに貼ってくれるかも。

　でも今は、美味しいものも好きになりました。かといって、手作り以外はうけつけない、一週間のうちにおかずがかぶるのは許せん、みたいなことではなくて、別にコンビニ弁当が続いても平気ですし、忙しいときは忙しいとき用の食事、時間のあるときは時間のあるとき用の食事、とすればよいのでは、という感じです。

　食事の美味しさに目覚めたのは、妻の手料理のおかげ、となるとよい話になるのですが、自分で作り続けた結果ですね。あと年齢。だんだん、不味いものを素直に楽しめなくなってきました。

　僕の料理のタイプは工作に近く、レシピ本を買ってきて、分量どおりに作っていく、というものです。だから前回出てきた果物料理も、どこかのレシピにあったものです。[1]『洋風料理 私のルール』内田真美（アノニマ・スタジオ）、[2]『果物のごはん、果物のおかず』フルタヨウコ（誠文堂新光社）、[3]『果物料理』渡辺康啓（平凡社）あたりからだと思います。アレンジは特にしていません。ここで、書名にリンクが貼られていると便利だと思うのですが、別になくてもよいです。

①「桃とモッツァレラ」を紹介したことで有名。

②林檎とジャガイモのグラタンはここから。

③梨にパルミジャーノに松の実はここから。

自力でお願いします。

その点、「入れちゃえ」系の妻の料理とは方向性と目指すところが異なります。料理には別に、食材や調味料を入れるたびに、「ままよ」みたいな覚悟とか要らないのではと思うわけです。それよりも、適当に作ると再現性が保てないのでは、といったあたりが気になります。料理に再現性を求めるべきかというのはありますが、あんまり一期一会を貫くのもどうだろうと思いますね。それ、一期一会じゃない気がしますし。

というわけで、どうして、あんまり好きでもないのに果物を使った料理を作っているのかというと、「やってるうちに好きになるかも知れないから」です。実際、わりと好きになってきました。

それに加えて、あなたが美味しいと言ったから果物記念日、みたいな要素もあります。

でも、妻のリアクションとしては、「何故、好きでもないものを作り続けるのか」という、ちょっとクズ男要素が強いものとなったりするわけで、我が家が抱える闇は想像以上に大きく、そして深そうです。

あと、僕が家でたまに女性っぽい言葉になっているのは、堀口大學から伝染したわけではなくて、と書いていて思いましたが、堀口大學から女性

科学の対象は再現性のあるものなので、再現性のないものについてどう思うという問いは成り立たないし、好き嫌いは人それぞれ。

妹から、お義兄ちゃんとお姉ちゃんって、電波女とクズ男みたいな関係だよねと言われました。当たって……る？

っぽい言葉が伝染《うつ》ったりはしないでしょう。一般的に。そんな堀口大學の利用法はないわけで、あいつを女性っぽい言葉にしてやりたいという相手に『日本の鶯』を渡すとかいう使い方はないわけですよ。多分。さすがにそこまで呪われた詩人ではないはず。

じゃあなんで、というと、やっぱり、妻のクズ男要素とのつりあいをとるためなんじゃないでしょうか。二人ともクズ男だと、家庭生活が成り立たないような感じがしないですか。

今回の課題図書は、『人間にとってスイカとは何か』池谷和信（臨川書店）です。

と、内容に入る前に、この連載がはじまって以来はじめて、読んでおこうかなと思った本が指定されてきました。それはまあ、『羆嵐』だって読んでおこうかなとは思っていましたけど、もっと近い距離だった、という意味で。

はてしかし、自分はこの本をどこで気にしたのだったか。ジュンク堂大阪本店の三階の棚だったろうか、いやしかし、この本がささっている棚の風景が頭に浮かんでこないので違うようです。フィールドワークものをいつも注目しているわけでもないし……と、調べてみると、あ、あれですね。「第7回日本タイトルだけ大賞」[※22]の大賞作ですね。ここにもリンクが欲しいところです。この回には、妻の本、『モルテンおいしいです^q^』がノミネートされていたので、なんとなく気にしていた、ということのようです。あ、ここには別にリンクを貼らなくてもいいです。

「タイトルだけ大賞」はちょっと誤解を招きそうな名称ですが、「タイトルだけ」を審査する賞です。タイトル倒れ、という意味ではありません。で、この『人間に〜』なのですが、タイトルだけではなく、冒頭から飛ばしています。感銘を受けたので、部分的に引用してみます。

　本書は、地球上で最後になると思われる、一年間のうち八ヵ月は地表水が利用できない村での私の生活体験を綴ったものである。「人間にとってスイカとは何か」という問題意識を持って、私は現地に出かけた。

―自力でお願いします。

※22　「日本タイトルだけ大賞」……日本国内書籍の優れたタイトルを選出し、表彰するイベント。判断するのはタイトルのみ。内容の優劣は一切問わない。

彼らは「スイカがあれば人は生きていける」という。一時は村が廃村になったものの、現在、人びとはスイカとの新たな絆をつくり、人生を送っている。

特に〝「人間にとってスイカとは何か」という問題意識を持って〟の箇所と、〝スイカとの新たな絆〟のところがよいです。なかなかこういう日本語を書けるものではありません。詩に近づいていると言っても過言ではありません。

手に取るまでは、世界史におけるスイカ利用の色々の歴史を書いた本かと思っていたのですが、先ほどの引用部からもわかるとおりに、スイカに依存して暮らす人々の村へ二十年間通い続けた著者の記録です。カラハリ砂漠のこの地域は降水量が極端に少ないのですが、野生のスイカがごろごろしており、人々はそれを拾い集めて、日常生活に必要な水分を獲得しています。

さすがにスイカは、ソイレントみたいにそれだけ食べていても生きていける（かも知れない）というわけにはいかないのですが、それでも生活のかなり大きな部分を支えることができるようです。砂漠という過酷な空間をスイカを携え渡っていく姿は、宇宙空間をさまよう人々のように見えてきたりもします。

極限でのコミュニティ（サバイバル）ものが好きな人、テクノロジーが可能とする社会の姿に興味がある人にもお勧めです。

やっぱり妻は、ルポルタージュとか体験記とか実録、実話ものが好きみたいです。

僕も嫌いなわけではないですが、なんていうか、読んでいる間、仕事、みたいな気持ちになるんですね。調べものをしているときの気分とも少し似ています。その意味で、ちょっと自分の抱く読書というイメージとはズレるなあ、と思ったりもするわけです。

現実なんて（せめて娯楽で本を読んでいるときくらいは）他人に任せてしまいたい、といったところでしょうか。

次回はフィールドワークつながりで、『謎[※23]の独立国家ソマリランド』高

『火星の人』（「オデッセイ」）が好きな人ももしかしたら本書を楽しめるかも知れません。

野秀行（本の雑誌社）にしようかとも思ったのですが、いや、現実に負けてはいかん、という気持ちになり、タイトル選手権的に、「妻が椎茸だったころ」[※24]中島京子（『妻が椎茸だったころ』〈講談社〉所収）にしようかと思っては、いや、あまり食べ物の話ばかりになるのもどうかと考え直して、そうですね。

「私が西部にやって来て、そこの住人になったわけ」アリソン・ベイカー（『変愛小説集Ⅱ』岸本佐知子編訳〈講談社〉所収）にします。

最後にお待ちかね、今月のダイエット企画ですが……。

75・5キロ。

……ほとんど動かない、という新機軸。

夫から妻への一冊　「私が西部にやって来て、そこの住人になったわけ」アリソン・ベイカー（『変愛小説集Ⅱ』所収）

※23　『謎の独立国家ソマリランド』高野秀行……ノンフィクション。２０１３年。

※24　「妻が椎茸だったころ」中島京子……短編小説。２０１３年。

第17回　若さって何さ

田辺青蛙

課題図書……「私が西部にやって来て、そこの住人になったわけ」アリソン・ベイカー（『変愛小説集Ⅱ』所収）

『変愛小説集Ⅱ』岸本佐知子編訳（講談社・2010年）

今日は夫の誕生日（この原稿を書いているのは9月15日）です。

40過ぎの男性に何を贈るか散々悩んだのですが、これといったものが思いつかなかったのでお酒にすることにしました。って毎年お酒を相手に贈っているような気もしますが、喜んでくれているような気がするんでいいですよね？

実際40歳過ぎの男性って何を贈れば喜ぶんでしょうか？

趣味……といっても夫の場合読書であり、ここの連載のやりとりを見ていただければ分かる通り、私は夫の好みを把握していません。

さて、今回の課題図書は「私が西部にやって来て、そこの住人になったわけ」アリソン・ベイカー（『変愛小説集Ⅱ』所収）です。

夫の好きな作品であり、家でもよく喩え話に出てきます。

例：「これって荒野でチアリーダーを探すみたいな作業だよね」

あらすじ。

幻の存在である雪男よりも希少な存在であるチアリーダーを探す生活を送る物語。

過酷な山や氷や雪に覆われた人地で、チアリーダーの痕跡である足跡やポンポンの欠片《かけら》を目にすることはあるが、彼女達が姿を見せることはない。

それでも諦めずに彼女達の姿を追い求める旅を続けていくのだが……。

夫はどうやらよく分からないシュールな話が好きらしいです。以前紹介してもらった熊が火を発見する話と似通った何かを感じます。

アメリカの地方都市の過酷な自然と寂れっぷりと生活感が巧みに書かれた作品で、その合間合間に恋い焦がれるような強いチアリーダーへの気持ちが書かれています。

アメリカを旅していると、地方に住む人のその土地への束縛感というか、染み付いた諦めのような空気と付き合いながら暮らす様子は、日本には無い独特のものを感じさせます。

他の国の地方都市も独特の閉塞感があるのですが、アメリカの場合は何というかスーパーマーケットの棚のすみっちょに時間をかけて降り積もった埃のような寂しさと、どこにも行けない息苦しさがあり、こんな場所で育って夢を追うことや、都会について思いを巡らせるのはどんな気持ちなんだろうと考えてしまいます。

似たような職業についている似たような雰囲気の大人たちと、１９７０年代から色褪せる一方の街並み。厳しい自然の大地……。時々ディスカバリーチャンネルなどで、そういった土地で幻獣や黄金や伝説を追い求める大人たちが出てきますが、日本の場合、どうなんでしょう？

まあ、徳川の埋蔵金や河童を探すとかとはちょっと違うような気がします。

夫は、どういったわけかよく分からない存在を探し求めたり、遭遇したりする話が好みということなんだろうと思いますが、私は実をいうとこの手の作品はちょっと苦手だったりします。

たまに読むのならいいですが、個人的にはドキュメンタリーものやホラーや怪談の方がいいですね。

何故ならドキュメンタリーものや、ホラーは読んでいると何かの役に立つんじゃないかなあ？　と思ったりしませんか？

例えば私は、ホラー作家の知人とたまに「ゾンビの大群が押し寄せて来たらどうするか」「どこかで遭難したら？」「幽霊に襲われたら？」「作家でバトル・ロワイアルをしなくてはならなくなったら、どういう手段を取るか」等を相談しあい、対策を講じたりしています。

私も夫にこういうケースの事件に巻き込まれたら、こういう対策を取ると助かる確率が上がるらしいとか、野生動物に襲われたらまずどうするか考えてみませんか？　と話を振ってみることがあるのですが、あまり真面目に取り合ってはくれません。

この連載の存在意義に根本から異を唱える発言。

でも、本書は面白く夫に勧められなければ苦手意識が邪魔をして読むことはなかったと思います。この本を切っ掛けに岸本佐知子さんが翻訳を手掛けた本に興味を持ち、読むようになりました。どれも奇妙で不思議な独特の世界観に包まれる話が多くお勧めです!!

スーパーの買い物帰りなどでも今、もしエレベーターの中で閉じ込められたとしたら……等といつも考えています（実際海外で2時間程閉じ込められた経験有り）。

私はよく家で遭難した人物の手記を読んでいるのですが、夫は特に興味がないようです。人間いつどこで何があるか分かったもんじゃないですよ。

2人で海外に行く機会があるので飛行機が落ちてたった1人ジャングルを生き延びた少女の話『奇跡の詩《うた》』を勧めようかと思ったのですが、またドキュメンタリーものですかと言われそうなので、今回は小説にしましょう。

先日夫が「大江戸捜査網」[①]の曲を口ずさんでいたのを今、思い出したので時代小説が良いかも知れませんね。

というわけで、次回の課題図書は池波正太郎『あほうがらす』の「男色武士道」です。

夫は今日で1つ年を取ったわけですが、そういえば私は最近夫に老けたと言われることが多くなりました。

そりゃあたしも、もう30超えてんだから仕方ないよ！　と返したいので

①1970～1984年に放送されていた時代劇。「死して屍拾う者なし」のナレーションが有名だが、今ではちょっと地上波では放送できそうにない内容。

すが、まあちょっと今回は文字数が少なめなんでスペースを埋めるためにも、昔の写真を出してみましょう。

子供の頃（いくつだろ、これ……？）。

夫と出会った頃（たぶんデビューしたばっかの時？）。

初対面の時はこの人（円城塔）よりは自分の方が売れっ子になるであろうと信じていました。

多分27歳くらいの頃？　なんだか最近、年齢が物凄く分かんなくなってきました。1週間が早すぎるんですよ。
そして、現在……（ちょっと今、体調悪くってアレなんですよ）。
寝起き（撮影者：夫）。

まあでも人生はまだ長いです。私が今後書くもの全てが売れないということもないでしょう。
目標が円城塔より売れることというのも、どうかと言われそうな気もするが、今後も気長にぽつぽつとスローペースで書いていこうかなと思っています。
そして、私も家で料理をしないわけではないんですよ！
②クレイジーソルトで炒めたものや、ニョクマムと唐辛子と砂糖で何となく炒めてみたもの、ココナッツミルクで煮た、カレーっぽい何か、とりあ

②料理をはじめた男子がとりあえず買ってみる調味料。

えず鍋で煮てポン酢で食べる料理等が得意ですね。

味は、私的には美味しいと感じています。

そんなわけで今日は私の手料理と美味しいお酒で乾杯ですよ！　と思いきや、台所を見ると既に下ごしらえを終えた食材が置かれていました。

どうやら先を越されてしまったようですね。

ちなみに『変愛小説集Ⅱ』の翻訳者である岸本佐知子さんには何度かお会いしたことがあるのですが、吸血鬼なんじゃないかと疑いたくなるくらい若々しい美女です。

ところで、こちらから本のリクエストって出来るんでしょうか？　「お色気」や「若々しさ」が身に付くような本ってありますか？　あれば教えてください。夫へ
結婚すれば自然と女らしさや、人妻の色香が身に付くと信じていたんですが、どうもそうではないようなので、よろしくお願いします。


―わりと美味しいですよ。

妻から夫への一冊　「男色武士道」池波正太郎
（『あほうがらす』所収）

第18回 色色読書道

円城 塔

課題図書……「男色武士道」池波正太郎（『あほうがらす』所収）

成立時期はいまひとつはっきりしませんが、おおよそ江戸中期。『明良洪範』という、戦国、徳川期（綱吉あたりまで）のこぼれ話集がありまして、25巻＋続編15巻計40巻。その第9巻に、

「池田出雲守長常の扈従に千本九郎太郎鷲見左門と云者あり千本は十九歳鷲見は十四歳也両人断金の中也此鷲見左門容顔美麗なれば好色の者は心を動かすも少からず」

『あほうがらす』池波正太郎（新潮文庫・1985年）

とはじまるお話があります。国会図書館のデジタルコレクションでも読めます。1912年刊行の国書刊行会版で、122ページの下段中央あたり。句読点もなにもなくずらずらと文字が並んだ真っ黒な紙面はちょっと威圧感がありますが、内容は平易なので、暇なときにでも眺めると楽しそうです。あの、秀吉の息子の秀頼が2メートル近い長身だったとかいう記事も入っている本ですね。

もともとは各話のタイトルさえなく、新聞記事のようにそれぞれの話題が並んでいく形だったようですが、さすがに使い勝手が悪いので、国書刊行会版には目次がついています。この話であれば、「千本九郎太郎が事」。うむ。いまいち内容がわからない。

『日本逸話大事典』の第5巻を見ると、『明良洪範』からの引き写しという形で、この話が収められています。こちらのタイトルは「千本九郎太郎の才知ある美事な助太刀」。

おおよそこの線で調べていけば、ちらほらと収録本が見つかりだすので、それなりに知られていた話のようです。……自分は知らなかったので調べるのにけっこう時間がかかりましたが。

現代語にするほどのものでもないですが、まあ読みにくいので書き直しておくと、

「池田出雲守長常の小姓に、千本九郎太郎と、鷲見左門という者があった。千本は十九歳、鷲見は十四歳である。『断金の仲』と呼ばれるほどに、二人は固い絆で結ばれていた。鷲見左門は美しい少年だったので、心を寄せる好き者も少なくなかった」

ということですか。もう少し続けると、

「ある日、左門は長常が外出するところを玄関まで送っていった。長常が門を出たあとで、一人の武士が左門に話しかけてきたが、左門は無言で奥へ入ろうとしたので、武士は怒って左門の悪口を言った。左門は戻って、一言、二言、言い争ったが、まだ幼いから言い負かされてしまった。悔しい」

ということで、導入部は終了です。

現代で考えるとおおよそ、みんなから好意を寄せられている人気者の男子中学生が、バイト先で何か悪口を言われ、言い負かされた。悔しい。というところです。ちなみにこの鷲見君は、同じバイトの大学生、千本君と仲が良いと評判です。

『明良洪範』には悪口の内容は書かれていないわけですが、この話をアレンジした池波はその悪口をこうしました。

「ふん。尻奉公なら気楽なものじゃ」

なかなか、「尻奉公」って言葉は思いつかないと思うんですよね。尻奉公ですよ。

現代語訳としては、

「(男性) 店長とできてるくせに、お高くとまりやがって」

くらいでしょうか。これは、鷲見としても反論しなければ男が立ちませんが、悲しいかな中学生のことで弁が立ちません。悔しい思いを、先輩の千本に打ち明けます。千本君もまあ、大学生なので、そのあたりはすっぱりさっぱりしています。

いかに幼かろうと、鷲見も武士。人に悪口を言われ、恥辱を受けて相手をそのままにしておくわけにはいくまい。ついては、

「其者討果されよ」

その者、討ち果たされよ。斬れ、と言います。助太刀もしよう。大学生としては過激分子ですね。教唆犯です。まあ、「尻奉公」とか言われたら、現代でも派手な喧嘩沙汰にはなりそうですが。

さて、見事相手を討ち果たした鷲見は、さすがにとどまるわけにもいかず逃亡し、「美事な助太刀」を遂げた千本は、その功を鷲見一人のものとして、自分は一切あずかり知らぬと言い続けます。お話のメイン部分はこの、知らぬとシラを切り続けるところで、実にこの……いや、そういう展

開になるとは思いませんでした。

　話の筋は、この「千本九郎太郎の事」でも「男色武士道」でも同じなのでどちらを読んでも変わらないのですが、両方読んで、ノンフィクション（という触れ込み）と小説の違いを考えるのも楽しいでしょう。


　と、元ネタを探してみる気になったのは、「男色武士道」の本文中に〝「……両人、断金の仲なり」と、物の本にも書きのこされている〟とあったのが気になったからです。

　果たして池波は、創作として「物の本」自体まで考えたのか、それとも実在する「物の本」を参照したのか、ということですね。実在の「物の本」を参照せずにこの話のディテールを設定することができるなら、それはものすごいことだな、と思ったのですが、少なくともこの話に関しては、資料準拠であるようです。

　見つけることはできなかったのですが、どうもあと二つ三つは、メインの参照資料がある雰囲気。

　歴史小説ってなにかね、というのは自分の中で長年の謎なのですが、た

私も気になってはいたのですが、元となった記録を1つも見つけることが出来ませんでした。夫のリサーチ力には日常生活の中でもよく驚かされています。

とえば、登場人物が、

「其者討果されよ」と言った、と書いたとします。

この、「其者討果されよ」は、全く架空の登場人物が言う「其者討果されよ」とは何か違うのか、ということが気になるわけです。歴史小説の場合、登場人物はかつて実際に存在した人の割合が高いでしょう。その人が口をきくのと、まったくの創作の登場人物が口をきくのは、何が違うのかな、ということですね。

ここでの「尻奉公」という言葉の選択は、歴史上、鷲見が実際にそう言われたかどうかは関係なく、効果として見事すぎて、見事としか言いようがありません。

で、なんでしたっけ。前回の最後に何か質問があったような記憶が。

ええと、田辺青蛙さんからのお便りです。

・「お色気」や「若々しさ」が身に付くような本ってありますか？　あれば教えてください。

……いや、それはまあ、確かに「老けた」という内容のことは言いましたけど、「お互い歳をとったものじゃのう」的ニュアンスですよ。

答えとしては、そんな戦略兵器みたいな本はありません。あっても軍事利用されて、民間には公開されないでしょうし、知った者は殺されたりするに決まっています。それか詐欺です。

うーん。といったことを踏まえて、次回は何にしましょうか。司馬遼太郎『新選組血風録』に入っている[①]「前髪の惣三郎」にしようかとも思ったんですが、この連載は別に連想ゲームとかシリトリでもないわけで……。

お色気……若さ……。

そうですね、色気や若さが失われてなお残る、気配のようなものはありますね。「男色武士道」の千本九郎太郎は厳しさの中にも温かみを得ることができましたが、それは幸運な例でもあるわけで。

では次回は、「パリの夜」ロラン・バルト（『偶景』〈みすず書房〉所収）ということにします。

さて、今月の体重は。

①新選組に美少年が入隊し、みんなそわそわ。沖田総司は面白くない。……あれ、そんな話ではなかったような。

今月は自信ありです。

夏の暑さも終わり、なんとなく飲食物の量も減らしつつ、体も軽くなったような気がしているわけですよ。痩せた？　と言われることもちらほらとでてきましたよ。ベルトの穴もきつい方にひとつ戻しましたし。

ということで、量ってみました。

……。

75・2キロ。

……あれ。特に変わっていませんね。今回は本気で、２キロくらいは落ちたかなー。ダイエットなんてその気になれば簡単ですよ、秘訣は、食べないこと！　とか書く気でいたんですが。

ダイエット本によくある、自信があったのに！　自信があったのに！ってこれですか。あれって、そういうネタだと思っていました。

ふむ。ちょっと真面目に考えてみます。

夫から妻への一冊　「パリの夜」ロラン・バルト

（『偶景』所収）

第19回　知らない町を歩いてみよう

田辺青蛙

課題図書……「パリの夜」ロラン・バルト（『偶景』所収）

突然ガツーン！　と後ろから殴られたような、唐突な体調不良に襲われた時期に読んだのですが、そのタイミングに出会えた本がこの一冊だったのは幸運だったと思います。

熱やら眩暈やらに浮かされた時期に読んだので、曖昧なところもありますが、エッセイとも日記とも詩ともつかない文章から見える風景が、頭の中でセピア色がかった映像となって、もやもやと浮かび上がり、見たこともないパリの裏路地や雑踏や臭いを想像することが出来ました。

作中に出てきた「胃にかなり鋭い痛みを覚える梨の酒」とはなんだろう、

『偶景』ロラン・バルト（みすず書房・2001年）

読み返してみると、お互いよく病気にかかっていますね。夫はそんな中でも締め切りを守っていましたが、私の場合は遅れがちでした。本当にこの連載では色んな方にご迷惑をおかけしてしまいました。この場を借りてお詫び申し上げます。

梨が漬かった果実酒なのか、リキュールなのかと、ちょっと気になったのでインターネットで調べてみたところ、梨の果汁を発酵させたペリーという酒があるようですね。

アルコール度数は４％くらいの発泡酒だそうです。

日本でも探せば飲めるんでしょうか？　どんな味なのか気になったので、体調が万全になってから飲んで味を確かめてみたいです。

そして、ページをもうちょっと進めるとヴィネグレット・ソースというものが出てきました。

ヴィネグレット。なんだか人名っぽい気もするのですが、どういう意味なのでしょう？

こちらも調べてみたところ、どうやらフレンチ・ドレッシングのことらしいです。

そういえば、何でフランスのドレッシングってことになっているのでしょうか？

気になったけれど、延々とドレッシングのことを調べることになりそうな予感もしたので、この辺りで本に戻ることにしました。

パリの町中を歩き、どうもしっくりこない苛立ちや不満や不平を持て余しながら、暗がりを見ると佇む男娼がいて、チラリと視線を交える。

さて、どうしようか。

そんな風にパリの町を歩く男の視線になりきって読むことも出来るし、こういう生き方や見方をした男がいたのかと思いながら文章を味わうことも出来るので、読むたびに自分とは違う人生を送っている男の人生を追体験出来るような不思議な味わいのある作品だと感じました。

何というか、孤独が纏《まと》わりついて離れなくなったのが当たり前のように感じながら日々を過ごしているような、切なさがあちらこちらに挟み込まれているようで、書かれている作中の時期は8月の終わりから9月のはじめにかけてなのですが、何故か頭の中に浮かんでくるパリの風景はセピア色で冬の情景でした。

本を閉じると表紙の裏に眉間に皺を寄せた著者のロラン・バルトがタバ

コに火を点ける渋い写真が載っているんですが、こんなのがパリの町を歩いてたんだから、さぞやモテたんだろうなあ。

映画俳優のようでキマッています。

でも作中の人物は前払いで男娼に金を渡したら、結局相手が来なくて周りにバカにされたり、以前のように若くない自分の非モテっぷりを嘆いてたりします。

まあでも、私の実体験での話なのですが、作中で「ぼかぁ非モテなんですよー」って散々言っていた作家にとあるイベントで実際に会ってみると、その人はボンドガールのような美女に囲まれており、そのうえ、それでもまだ足りないのか美女が近くを通りかかるたびに口説きまくっていました。声をかけられた美女もみな満更でもない感じで一緒に写真を撮ったり、連絡先を書いたメモなんかを渡していました。しかもそれを遠目に奥様が「やれやれうちのダーリンの女好きには困ったもんだわ〜」ってな感じで見ていて、何というか、作品の中で著者が言っている日常=リアルでの日常とは違うんだなあと実感させられたことがあります。

正確には、男娼に先に金を渡す。周囲からくるわけがないといわれる。バルトもそんなことは知っている、という流れです。じゃないと、悲しくないじゃん。

他にも某自称非モテ漫画家がモテまくっている姿を目撃したこともあり、とにかくあんまりそういうのは信じないようになりました。

それとも彼らの中のモテ基準とやらが、私とは異なるだけなのでしょうか？

海外のクリエイティブ・ライティングの講座や、日本国内の小説家による、小説の書き方講座等のイベントに参加すると、必ず何名か「自分の半生を小説として書きたい」という人に出会います。

理由を聞くと、自分の人生が小説やドラマや映画のようだから……という答えが返って来ることが多く、実際小説や映画の主人公のような人生や半生を過ごしている人は結構いるようです。

以前とあるイベントで出会った方は、写真で見ただけのアメリカ人の男性と結婚することに決めた写真花嫁で、それから戦争がはじまり波瀾万丈の人生を送り……という話だったり、とある災害のたった1人の生存者であったり、孤高の登山家だったり、熊撃ちを生業《なりわい》にしていた等、小説にしたいと思うだけあって、エピソードを聞いてみるとどれも、それは本として読むか映像として見てみたい！　と思う程大変面白かったです。

ただ、そういった人の小説が必ず聞いた話と同じくらい面白いかというとそうでもなく、怪談もそうなのですが、語りと文章はどうやら違うようです。

聞いた時は背筋が凍りつく程恐ろしい話でも、聞いたそのままを文章に起こしてみると、サッパリ怖くないことがよくあります。

体験したことを上手く伝わるように語るのも、文章にするのもどちらも難しいけれど、それぞれ違ったテクニックが必要になってしまうようです。

知人の怪談作家の人から「イベントで話したら悲鳴が客席から聞こえる程の、鉄板の怖い話があるんだけどさ、それを文章にして編集者に見せると何故だか笑うんだよね。笑い話だって言って没にされちゃったことがあるよ。何か語りを文章にすると１８０度印象が変わってしまうみたいなんだよね」という話を聞いたことを思い出しました。

聞く、読む、見るの体験で得る感想が同じ内容の話でも全く異なってしまうということなのですが、私は数年前から取材に行ったり、関係者に話を聞いて、以前からとある人の伝記を書こうとしているのだけれど、なかなか上手くいきません。

ただ、その人となりを知っていることや、波瀾万丈の人生についての記述の羅列だけでは小説になりえないのです。

小説とも日記とも、エッセイともつかないように書いたこの「パリの夜」は、分類するとどういうジャンルになるのでしょうか。

人が体験した物事を、どのような形であれ作品として昇華するのは難しいです。

それは私が未熟な書き手だからそう感じるのかも知れないけれど、自分の体験であれ、他人の体験した物事であれ、誰かが読んで何かを感じ取ってくれる話をもっと上手く紡げるようになるのはいつだろう、とPCのディスプレイに映った文字列を見ながらよくため息を吐いています。

「パリの夜」を読み終えた後、布団の中でそんなことをぐずぐずと考えながら、頭に浮かんだタイトルの本が一冊あったので、それを次回の夫への課題図書にします。

誰かの、自分にはない体験や人生を物語として昇華して、その人物の功績を別の誰かに伝えることが出来るようになれれば……。

そう思いながらここ数年ずっとある人の資料を集め続けていますが、まだまだ道は遠そうです。

妻から夫への一冊　『花埋み』渡辺淳一

第20回　楽園まで何マイル

円城 塔

課題図書……『花埋み』渡辺淳一

こう、季節の変わり目というもので、残念ながら太っています。これはもう体重計に乗らなくてもわかるわけです。それほどの気温でもないのに相変わらず汗を拭き拭き歩いています。

秋はごはんが美味しいからね、という話ならまだよいのですが、単純に、風邪を引いてしまいました。ダイエットする↓風邪を引く↓食べる↓太るの繰り返しです。この悪因縁をどこかで断ち切ることはできるのか悩む日々です。

ダイエットよりまず先に、健康を維持することが優先される年齢になっ

『花埋み』渡辺淳一（新潮文庫・1975年）

たということかも知れません。先のサイクルに、健康を崩す↓不健康に痩せるとかいう過程を組み合わせるとどうなるのか。「太る」と「痩せる」が打ち消しあうかも、という気もしますが、それより先に寿命の方が縮みそうです。

春先に導入した自転車も、春は雨、夏は暑さで、そうしてこの秋もまた長雨ときて、ようやく晴れたと思ったらそこからは風邪で、あまり乗れないままです。

ここ数年は熱中症(らしきもの)にも悩まされていて、ちょっと体温が上がるとバテバテになり、気持ちも悪くなってきて寝転がっているのですが、やっぱり体力の低下を感じます。

最近は、同年代が集まるとまず体調の話ばかりで、いくらでも続いていったりします。

これはあれですね。就職難が話題の頃は、仕事についていない若者が独り言をつぶやき続けるような小説が世に溢れたように、これからさらに高齢化が進んで行くと、リタイアした人がひとり、体の不調をぶつぶつと訴え続ける小説が溢れていったりしそうです。

ところで僕はひっそりと、みんな実は科学にはそんなに興味がなくて、技術革新とかどうでもいいと思っている、それどころか科学とは面倒を増やすだけのものだと思っているのではないかと疑っています。

そんなことはないわけで、人間が面倒な家事の多くから解放されて余暇を持てるようになり、安全な水や新鮮な食物を手に入れられるようになったのは科学のおかげなわけですが、どうもこういう意見は説得力がないらしい。

食料生産が増大したのも科学のおかげで、「自然に帰る」のはかえって余分なエネルギーを浪費することになる以上、資源不足に苦しむ地球では最早ただの贅沢、とかあんまり聞いてもらえません。みんなが有機、無農薬農業をはじめて自給自足で生活するようになったりしたら、地球人口を支えることなんてできないのに。

でも、自分の健康ということになると、けっこう多くの人が、科学って大事、と思っているのではないかと思うわけです。たとえば、抗生物質の効き目というのは一度体験すると世界が変わるような驚きがあったりする

最近ますますそう思います。

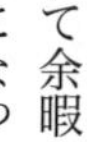

最近、これも疑うようになってきました。みんな自分の健康さえも

わけです。

少なくとも統計的には、科学的な治療法の方が、民間療法より高い治癒率を持ちます。病院に行くのは死ににいくようなもの、とか、抗癌剤は医療界の陰謀とか、病院での分娩は駄目で自然分娩が至上、ビタミンCは万能薬で、おばあちゃんの知恵袋最高、とかいうのは、まあ間違いで、こういうことを言うと怒り出す人がいるのは知っていますが、間違いです。

統計的には、という但し書きをつけたのは、世の中にはもしかして奇跡とかいうものがあるのかも知れなくて、奇跡は科学の範疇《はんちゅう》外なので話が全く別になり、統計の外の話になるからです。自分の身には奇跡が訪れるはず、と信じている人に科学の話をしても仕方がない。

僕には、他人にではなく、自分にこそ奇跡が訪れると信じることができる理由が皆目わからないわけですが。

というわけで、渡辺淳一先生です。北海道生まれという意味で同郷なので、心の中で先生をつけて呼んでいます。

渡辺淳一先生というと『失楽園』、『失楽園』といえば渡辺淳一先生、と

——どうでもよいのかも知れない。

いうことになっていますが、これはちょっとすごいことで、それまでは『失楽園』といえばミルトン（John Milton, 1608〜1674年）だったはずなんですが、ミルトンから見事タイトルを奪い取りました。なかなかできることではないです。

何度かパーティでお見かけしたことがあったのですが、お話しする機会はないまま、昨年、2014年にお亡くなりになってしまいました。

人間の記憶というのは適当なもので、しかもたいした量を覚えておくこともできないせいで、渡辺淳一先生は、「『失楽園』の人」として記憶されてしまった感があるわけですが、元々は札幌医科大学で講師をしていた人です。そうして、日本初の心臓移植手術に参加しました。この手術は様々な問題を引き起こし、渡辺淳一先生は手術に疑義を呈したことで大学を去ることになったわけです。そのすぐあとの1970年に直木賞を受賞、以降、ベストセラーを連発し続けました。

誰か色々話をきいておくべきではなかったのかな、と思ったりです。

と、……ようやく『花埋み』のあらすじに到着しましたが、時代は江戸末期から大正時代。

主人公は日本で初の国家資格を持った女性医師、荻野吟子です。国家資格を持った、のところが大事です。明治国家には、そもそも女性が国家資格試験を受けるかも知れないという発想自体がありませんでした。夫から性病をうつされ、子供を産むことが困難になった荻野は、自ら医師になることを決意します。医学生は男たちばかり、執拗な嫌がらせを受けたり、邪魔をされたりしながら、なんとかひととおりの学業を終えた荻野の前に、今度は明治国家の試験制度が立ちはだかります。

ただ試験を受けて合格する、だけではなくて、女性も試験を受けられるようにする、というところから、荻野は始めなければなりませんでした。医者であると同時に社会運動家とならなければ、やりたいこともやりようがない、人の体を治すのと並行して社会の歪みも直していかなければいけないという状況でした。

様々な障害を乗り越え、医師として開業した荻野の前に現れた青年が、そこからまた荻野の運命を変転させ、舞台は北海道へ、理想のコミューンへ向かっていきます。

　僕は講談社文庫の選集で読んだのですが、その「選集のためのあとがき」によると、医学部の講師をしていた頃、講師室の整理をしていたら出てきた『北海道医報』一七五号に「荻野吟子小史」という連載を見かけたのがこの小説を書くきっかけだったということです。脚色はあるけれど、事実に基づいたお話、というところです。

　ほぼ百年前の出来事ですが、お話の中で女性たちが体験する差別はもうすさまじく、今では想像を絶するところがあります。

　渡辺淳一先生の筆致は冷静で、差別の現実を極力感情を交えずに描いていきます。今から見るとその表現はどうか、というところがあったりしますが、これは、そういう箇所がある方が当たり前で、だって僕らは未だに、男女平等が実現された世界に辿り着いてはいないからです。

　1970年に刊行されたこの本が、今から見ると差別的に見える表現を含む、ということは、百年前の明治・大正時代よりは、四十年前の70年代の方が、四十年前の70年代よりも現在の方が、男女平等が進んできた証拠でもあるわけです。2050年あたりになったとき、たとえば今書いていることも言われているこの文章に、男女（に限らず）差別的なところがある、と言われている方が、昔は自由に書いていた、とか言われるよりもよいことです。昔はひどかったね、で終わらせず、今もひどいね、と見ることは大事です。

うーん。やっぱり、誰か話をきいておくべきじゃなかったのかな、と思いますね。

といったところで次回ですが、ええと。

読んでいる間、ずっとこれが頭に浮かんでいたので、『お医者さんは教えてくれない 妊娠・出産の常識ウソ・ホント』エミリー・オスター（東洋経済新報社）。

にします。著者は経済学者で、内容はタイトルから予想されるものとは少し違って、合理的意思決定に関する本です。専門知識を、自分の出産に適用してみたら、さてどうなったか……。

最後に今月の体重を発表します。

76・0キロ。

……ほら。

夫から　『お医者さんは教えてくれない 妊娠・出産
妻への一冊　の常識ウソ・ホント』エミリー・オスター

第21回　今、南国にいます。

田辺青蛙

課題図書……『お医者さんは教えてくれない 妊娠・出産の常識ウソ・ホント』エミリー・オスター

めんそーれ！　今この文章は沖縄の国際通りにある、ネットカフェで書いてます。

理由はですね、沖縄で開催されているイベントのアテンドを行う為にぼかぁ、沖縄にきたんですよ。

そして仕事の合間の休憩時間にこの原稿を書いてたんですね。

で、やっと書き終わったー！　さあてコーヒーでも飲んでから編集さんに送りますかってことで、一度ＰＣの電源を落として缶コーヒーを購入し

『お医者さんは教えてくれない妊娠・出産の常識ウソ・ホント』エミリー・オスター（東洋経済新報社・２０１４年）

つらいときは無理をしなくてもよいと思う。

たんですよ。

　コーヒーを一口飲んでから、ＰＣの電源を入れようとしたら、入らないんですよ。

　でも、電源ランプは点いています。

　こりゃ、どういうことなんだろうと思いまして、携帯電話で色々と検索してみたが原因が分からない。

　しょうがないので、カスタマーサポートセンターに電話してみました。

　それで、あれやこれやと試してみた結果、どうやら電気はノートパソコンの本体に供給されているけれど、どこか内部で接触不良が起きてしまった為に電源が入らないということが判明しました。

　こればっかりは修理しないと直る見込みはないそうです。

　幸いサポート期限内だったので、修理費用はさほどでもないということが不幸中の幸いといったところでしょうか。

　とりあえず、旅先ということもあり、ネットカフェが宿の近くにあることが分かったので、もう書いてしまった原稿のことは忘れ、一度リセットしてこの原稿を書くことにしました。


――僕のところにもかかってきました。

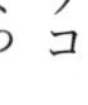

それにしてもｉＰｈｏｎｅが無かったらどうしていたか分からないですね。ネットカフェの場所も、ＰＣのサポートデスクの連絡先も分からず、今頃「自分は、今南国にいるわけで、そしてＰＣが壊れてしまったわけで……。あはっ、夜の海って墨汁を流したみたいに黒いんだ」とか言いながら涙を流していたかも知れません。

さて、今回の課題図書は『お医者さんは教えてくれない 妊娠・出産の常識ウソ・ホント』エミリー・オスターです。

タイトルから、妊娠・出産に纏《まつ》わる「あたしゃ医者より進んだ子育てしてんだよ！」みたいな、思い込みタイプの母親によるエッセイだと思いきや、経済学者による統計学に基づいた内容の書籍でした。

妊娠すると、妊婦は医師からあれをやってはダメ、これをやりなさいのオンパレード、しかしそれにどれだけの根拠があるのか、例えばコーヒー一杯を飲んだだけで具体的にどれくらいお腹の子供に影響があるのかどうか、医師ではなく経済学者の立場から調べてみようと著者は意気込みます。

医師の言う言葉はどれくらいの数の患者の体験に基づき、どのような根拠で出されたのか、医師によって何故アルコール一杯くらいならいいわよと言ったり、絶対ダメと言ったりするのかという疑問をもとに、著者のエミリーは本業である統計学を用いてリサーチを行っていきます。

一昔前は妊娠したというと「あら、2人分食べなきゃね」なんて言われたものですが、今の妊婦さんは体重の増加を厳しく制限されています。（『焼きたて!!ジャぱん』[※25]という作品内でも、タイムスリップをしたピエロが、自分の生みの親である王妃が妊娠したからたくさん食べなきゃ！という姿を見て、当時はそういう意識がふつうだけれど、今は妊娠高血圧症候群などのリスクがあるので太ることは推奨されていない……というようなネタがありました）

赤ちゃんにも母乳がいいのか、ミルクがいいのかという意見も、個人的な印象ですが、割と数十年の単位で入れ替わっているような気がします。

ちなみに私は母乳でなくミルクで育ったのですが、割と健康な気がしています。妹は母乳で育ったのですが、これまた割と健康です。親類は母乳とミルクの混合で育ったそうですが、私達姉妹と背丈もあまり変わらず同じように割と健康です。

※25『焼きたて!!ジャぱん』……橋口たかしによる全26巻の漫画。小学館。2002〜2007年。

時々風邪などを引いたりするのも日頃の不摂生がたたっているだけのようですし、まあ夫の親類で、ミルクでも母乳でもなく、トマトジュースだけを飲んで成長した人がいますし、人間の体なんてどうにでもなるようになるのかも知れません。

トマトジュースだけで育った人も割と健康のようです。

そして、私の周りには何故か極端な偏食家が多いのですが（野菜は絶対食べない、魚介類は全部ダメ、生ものは一切食べない etc. …）、皆元気に過ごしています。でも、自分の周りの一例だけで判断するのはダメですね。それでは本書を読んで得た教訓が活かされていません。

子育ても叱らないで育てた方がいいのか、悪いのか、今は叱らない子育て本が目につくような気もしますが、いやいや子供は小さい頃から強く言った方がいいんだという意見も耳にします。

著者は本書の中で「データは決めてにならない、参考になるだけ」と記しています。

35歳以上と以下でどれくらい妊娠の確率が変わるのか、妊娠前の肥満は妊婦と胎児にどれくらいの負担がかかるのかは、本文で提示された数字を

実話。だけってこともないらしいけど。

見ると、予想していたものと違っていたので、著者と同じように私は驚かされました。

ただ、アメリカ人と日本人は体格が異なりますし、医療事情も異なるので、日本の妊婦にどれくらい当てはまるかは分かりませんね（海外に住んでいた時に、高い熱が出たので医者に行ったら水風呂に入れと言われたり、薬としてコカ・コーラが処方されたこともあったので、医療や出産事情もところ変われば大きく異なるに違いないです）。

でも読み物としても本書は面白く、経済学って何？　という入門書として選んでも良いかも知れません。

インターネット上で様々な情報が溢れている今だからこそ、元々の数字はどこの何を見て出されたものなのか、それはどれくらい信用に足るものなのかなど常に考え続け、答えを導き続ける著者の姿勢は見習うべき点が多いように思います。

妊娠・出産の情報については、日本も最近、様々なものが溢れていますが、私も本書を読んで、ああいう記事を見て、「へえー」と言うだけでなく、その情報を発信している人がどのような人物で何に基づいているかを調べてから、その情報を信用するかどうか決めようと思います。

これは、妊娠・出産情報だけに限ったことではない、当たり前のことと言われればそうなんですが、私は特に聞きかじりで何でも知ってしまったような気になることがあるので、読んでいて背筋が伸びる思いでした。

市場リサーチなんかも定期的にやっているのですが、どうもネットでちょっと調べただけで何かやり遂げたような気持ちになってしまうことがあるんで、今後はもう少ししっかりやろうと思います。

夫ももしかすると、そういうことをこの本を通じて私に伝えたかったのかも知れません。


それでは、次の課題本ですが、統計学と医療ということで、ナイチンゲールを描いた『黒博物館　ゴースト　アンド　レディ』[※26]にしようかと思ったのですが、前後巻に分かれているので、迷うところです。

えーっと、どうしましょう。せっかく沖縄にいるんで、沖縄を舞台にした作品がいいかも知れませんね。

※26　『黒博物館　ゴースト　アンド　レディ』……藤田和日郎による漫画。講談社。2015年。

じゃあ、ピースじゃない方の又吉さんで『豚の報い』にします。

妻から夫への一冊　『豚の報い』又吉栄喜

沖縄のキオスクで見つけて購入しました。旅先で出会った本って何か特別な感じがして好きなんで、荷物が増えてしまうけれど、つい買ってしまうんですよ。

第22回　雪の記憶

円城 塔

課題図書……『豚の報い』又吉栄喜

ついつい忘れてしまうのですが、この連載は相互の理解を目的としたものなのでした。それも夫婦の相互理解を目指した。

なんだかんだとそれぞれに十冊以上読んできて、何か理解が深まってきたかというと……そうですね。妻はやっぱり、実業的に本当のことで、現実的に不思議なことで、具体的に存在するものが好きなんだなあ、と思うようになってきました。

僕自身は、なんにも根っこのない法螺《ほら》話が好きで、現実を無視しておかしなことや、抽象的であったり形式的であったりすることが好きなので、

『豚の報い』又吉栄喜（文春文庫・1999年）

方向が全然違うのだな、と思ったりです。
でもこういう考え方自体が抽象的なのかも知れず、もっと、道端で出会った犬同士みたいにフィーリングでカップリングしていればよしとするべきなのかも知れません。それって夫婦なのか、とかよくわからなくなってはきますが。

今回の課題図書は、『豚の報い』又吉栄喜です。この作品は1996年に芥川賞を獲っています。

芥川賞っていうと巷では、「国が決める一番面白い小説の賞」みたいに思われていますが、違います。文藝春秋が出している賞です。正確には「日本文学振興会」の賞ですが、まあだいたい同じようなものです。

芥川賞を獲ると昔の文豪のような暮らしができて、本もばんばん売れまくるようになり、いずれは全集が出たりする、かというとそんなこともあんまりなくて、僕はこの『豚の報い』、文庫版の古書をネットで買いました。新刊では手に入りません。

多くの芥川賞受賞作はそんなもので、書かなくなってしまう人も多くい

そんなウハウハ体験してみたいですね。関西の芥川賞作家がよく集まる酒場がありますが、皆話す内容は高尚な文学論……などではなく、お金儲かれへんね～んみたいな内容です。でも、個人的な印象で言ってしまうと、純文学よりSFの方が金銭的に困っている作家さんが多いような気がしています。ホラーも、SFと同じような感じでしょうか。

ます。芥川賞はそのあとも書き続ける人が少なめな賞としても知られていたりします。なかなか小説と販売部数の関係は難しいものです。

と、この『豚の報い』ですが、沖縄と、そこに生きる人々の姿が淡々と描き出されていきます。過剰な説明なしに、現地で使われている単語は単語としてそのまま使う手法によって、ごく日常的な風景なのに異国風、異国風なのでどこかで常識がずれていく感覚を伴いながらなめらかに話が続きます。ちょっと手品めいていますね。

僕は北海道生まれなので、沖縄は、頭の中の地理的には遠い場所なのですが、気持ちとしてはかなり近いところにあります。端っこ同士は、隣同士よりも近い意識を抱いたりするものですし、気候的にも本土と異なり、食生活や礼儀作法が違うといったところから、妙な仲間意識があったりします。都道府県の中では貧しい方だとか、とにかく仕事がないとか、かつて北海道開発庁と沖縄開発庁が置かれていたとか。人の命が安いところとか。昔は高校野球でよく、北海道の代表校と、沖縄水産がぶつかっていたような記憶があります。何もそんな北と南の端でぶつからなくとも、と思ったものです。

11月には雪が降り、12月から2月まで雪が積もる北海道では、冬になると、つららをとりに行った小学生が屋根からの落雪の下敷きになって死んだりしますし、飲み会のあと誰かの姿が見えなくなると、みんなかなり本気で捜します。

酔っ払ってその辺で寝ると死ぬからですね。

茶碗蒸しには砂糖が入っており、赤飯には甘納豆が入っていたりで、小道具にもことかきません。小学校にはストーブのところまでコークス（まあ、石炭みたいなもの）を運ぶ当番があり、ストーブの上の水を張った「蒸発皿」で色んなものを溶かして遊んだり、ストーブを囲んだ衝立てに、手袋や靴下をひっかけて乾かしたりしていました。

描写で小説が書けてしまうなあ、という感覚があります。

でもそうすると、小説というものは、ちょっと中心から離れたところにいる人の方が書きやすいものなのだろうか、という疑問が湧いたりします。

ちょっと違う、が小説の価値なのかというとよくわからないところがあって、僕はあんまり苦労の価値を、苦労単体では認めたくない方であったりします。

たとえば、アメリカの中産階級の白人が特に不自由を感じることなくある程度の都会で育ったとして、小説を書けるのか、書けないのか、というあたりが気になります。

それはもちろん、「特に不自由のない生活」にも波瀾万丈が含まれており、何を書くか書けるのかは当人次第というのは当然なのですが。

といったところで、あらすじです。

主人公の青年（大学生）が通うスナックにある日、豚がとび込んできます。

これに動揺したスナックの従業員の女性三人に、主人公はつい自分が生まれた島へと、厄落としに行くことを提案してしまいます。島にまつられている神様に話をきいてもらおうというわけです。

主人公にはちょうど、十二年前に亡くなった父の骨を埋葬しなおすという用事もあったのですが、どうして自分がそう提案してしまったのか、よくわからない気持ちもありました。

なにとなく島に渡ることになった一行は、そのあともなりゆきで様々な事件に遭遇しますが、全員どこか曖昧さを漂わせており、自分が何を問題にしているのか、解決のしようはあるのか、誰に何を相談すればよいのか、わからないまま会話を続け、そうしてまた口をとざします。

なにもかもが一続きに思われてきて、自分たちが島にきたのは、主人公が島にこようと言ったからで、でもそのきっかけは店に豚がとび込んできたからで、いや、主人公がその店によく通っていたからということになるのかも知れず……と因果の糸はほどきようもなく絡んでおり、でもそれは各人の来歴、抱え込んだ問題や不安、悔悟《かいご》やとりかえしようのない思い出もまた同じなのでした。

この女性三人を、問題を解決してくれるはずの島の神様のところへ連れて行こうとする主人公は……。

と、笑いあり涙ありのお話がゆるゆると紡がれていき、しかしふと気がつくとそこには——。

僕はもともと、小説というのは、無名無貌の人たちが、名もなき町でなにかをしている、というだけでも、どんな効果をも発揮しうるものなのでは、と思う派だったのですが、この頃色んなことがわからなくなってきてもいます。特にこの『豚の報い』みたいな小説を読むとわからなくなります。

やっぱり、人間、自分の知っていることしか書けないのだから、自分の経歴を無視して白紙から書けると思うのは無茶なのではないかってことですね。

たまにインタビューかなにかで、

「北海道を舞台にした小説を書く気はないんですか」

と訊かれることがあるのですが、

「ああ、この人は僕の書く小説を読んだことがないんだな」

と思っていました。

でも、なんというかこう、北海道生まれの自分が突然、アメリカ人っぽい主人公で、どこともわからぬ国とか宇宙とかの話を書いたりするのは不思議だな、と思うようになってきました。あるいは突然沖縄の話を書くとか。日本育ちの人でなければ書けない日本人とか、北海道で育った人でなければ書けない北海道民とか、自分でなければ書けない自分とかいうものがあるのかもなというところでしょうか。

それって当たり前じゃん、と思われるかも知れないのですが、よくわからない。

理想の小説家っていうものは、何でも書ける小説家なのでは？　ってことでもあります。

ということで最近わりと、身の回りのことにもようやく興味が出てきました。

ひまわり、麦わら帽子、白いワンピース、夏休み、みたいな単語のセットを利用すると、誰でもすぐに、自動的に小説みたいなものは作れるような気がします。

これは、冬休み、ダルマストーブ、校庭の雪だるま、みたいなものでも同じわけですが、全く同じわけでもない。アイテムが自分と深く結びついているならば、ただのアイテムではない力を発揮して、お話に固有の力を与えうるのではないか、ということです。


こういうお題を出しあって、いつか夫婦で官能リレー小説とかやりませんか？（提案）

それって当たり前じゃん、と思われるかも知れないですが、でも自分の経験を他人に伝えるというのは、なんだかよくわからない力です。僕はなんだかわからない力を目にすると、その性質を知りたくなり、わからないものを、わかるようになりたい、という性格なのです。

ということで、次回ですが、何にしましょう。

あ、その前に体重ですね。

……77・1キロに上昇です。

ああ、ほら、この頃寒かったから、皮膚の下に脂肪をためてですね。

……ええと、見なかったことにします。

気を取り直して次回ですが……。

自分を理解してもらう、ということを考えるとですね。そろそろ物理とか数学とかコンピュータ関係の本にするのがよいのかなあ、という気もするのですが、残念ながらそのあたりの本で、そもそも強い興味を持っていない人にお勧めできるものって、ないんですよね。

ジョージ・ガモフ[1]とかダグラス・ホフスタッター[2]とかあるじゃん？ という人は正しいことを言っていますが、残念ながら現実とはズレています。数理っぽい感じだけれど、特に用語は必要なく、それ自体と、それを取り囲むかっちりとした何かの感覚が伝わるかも知れないもの——『立体折り紙アート』三谷純（日本評論社）でどうでしょう。

夫から妻への一冊　**『立体折り紙アート』三谷 純**

①トムキンス氏シリーズで科学への目をひらかれたという人多し。ビッグバンの提唱者。

②いわゆるGEB、『ゲーデル、エッシャー、バッハ』でゲーデルブームを引き起こした。

第23回　年よ、行かないで！

田辺青蛙

課題図書……『立体折り紙アート』三谷 純

何だか年の瀬ということで、慌ただしく過ごしています。夫もどうやら忙しいらしく、今月は出張が多く月の半分程外に出る予定がカレンダーに書き込まれていました。

最近カレンダーの日付を見るたびに「ぎゃっ！」と声を上げそうになります。忙しいのは無計画な日々のせいなのですが、もう自分を責めればいいのかタイムマシーンが目の前にやって来ることを祈ればいいのか、仕事すればいいのか、何をすればいいのか最近だんだん分からなくなってきました。

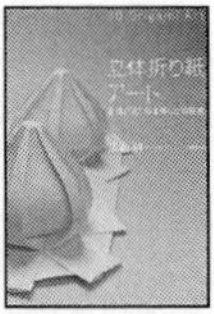

『立体折り紙アート』三谷純（日本評論社・2015年）

アヒャッ！


さて、早速課題図書の話題に移りましょう。

今回は『立体折り紙アート』二谷純ですね。

実をいうと、私の不器用さ加減はちょっと自分自身でも理解を超えたところにありまして、折り紙の鶴ずらも作れないです。

なので、表紙にもあるような紙で作られたとは思えない美しい造形物の数々の折り方と展開図を見ても、「凄い綺麗!! 紙とは思えない！ 何だこのカーブ！ 生き物みたいな線！ 自分じゃ作れるとは思えない！」というような感じでした。

でも、本書を読んでいてつまらなかったかというと、そんなことはなく、理解は出来ないけれど見ていて楽しい本でした。

もしかすると、夫は自分が好きなジャンルである、分からないし理解も出来ないけど楽しめるという気持ちを体感してもらいたいと思って、この本をお勧めしてくれたのかも知れません。

平面が立体に美しく変化する様子を、蛹《さなぎ》が蝶にでもなるように手元で再現出来ればそりゃ、素晴らしいんでしょうけれど、鶴すら折れない私にはこりゃ、ちょっと無理と思い、今回立体折り紙アートにチャレンジすらしていません。

だいたい夫は知っている筈です。

組立式の家具等が届いても、妻は設計図を見ないで勘で組み立てようとすることを……。

何か作らなきゃいけない場面に遭遇した時も、すでに完成されている似たようなものがネットで売られていないか検索からスタートしてしまうことを……。

夫は設計図を見ながら、ちゃんと組み立てが出来る人であり、料理もレシピ通りに作れる人です。

私は料理本を見ても、ついアレンジを加えたいと思ってしまったり、ちょっと手順を変更して、近道があるんじゃないか？　と思ってしまい、その結果一期一会の不思議な食べ物が出来上がることになります。

レシピ通りに量り、手順通りに下ごしらえを行い、記された通りの調理

見ないと同じものは作れないと思う。

法で加熱や味付けを行う夫。

普段から私は性差って何だろうと思うことがあるんで、次回の課題図書は『とりかえばや物語』[※27]にしましょうか？　ってここで終わると、字数が全く足りていないことになってしまいますね。

それにおそらく夫は読んだことがある本なので、別にこの連載では、過去に相手が読んだと思われる本は選ばないというルールにはなっていませんが、何となく、読書家として知られている夫でも知らない本を選びたいので、もう少し課題図書の選定は先延ばしにすることにします。

さて、余った文字数分、何のお話をしましょうか。あ、ちなみにこの文章ですが、私は未だに句読点をどの位置に打っていいのかよく分かっていないので、口に出しながら文章を書いています。

夫は原稿の執筆は家の中で出来ず、外に出て喫茶店等で行っているらしいのですが、私はブツブツ言いながら書くスタイルなので、たまに外に出ることもありますが、危ない人と思われたくないんで、なるべく家で執筆を行いたいと思っています。

※27　『とりかえばや物語』……作者不詳。平安時代後期に成立した物語。

—全体的に先延ばし感の溢れる文章。

—しかも居間で書く。うるさい。

もし、どこかで私を見かけてPCに向かって何か呟いていたとしても「ア、アノヒト、オカシイヒト、ナンダ」とは思わないでくださいね。

ああそうだ、少し思い出話を書きましょう。

私は非常にいい加減で、決まり事を守るのが大変苦手な人間で、日常生活においてもそのことでまあ、色んな目に遭い、いい加減な性格のせいでトラブルが生じたりで、ウンザリしてしまうことが多々ありました。

そんな私がアバウトに生きていてもいいんだ！　と思えるようになったのは海外に行ったことがきっかけでした。

2～3時間の遅刻はセーフ圏の国の人や、私のことを几帳面で神経質だとすら評してくれた、大らかな南国の人達……ああ、世界は広いんだとどれだけ安心させられたか分かりません。

銀行口座を開くのに、いきなり入金する金額を銀行員が1桁間違えて記入して手続きされてしまったり、食事をしながら全く手元を見ないで髪をザキザキこちらの要望を一切無視して切る美容師や、俺が開けたいと思った時が開店する時間という商店……。

聞くたびに料理の値段が違うレストラン（メニューに載っている値段通り請求が来たことは無い）等を体験し、なあんだ、私のいい加減さなんて世界レベルで見ればまだまだなんだあ☆と随分ホッとしたものです。

ただ、夫はそういうのには慣れないようで、遅れるのが当たり前の電車や、地図が全く読めないうえに、地元の地理を把握すらしていないタクシー・ドライバー、意味をなさない時刻表や、計算の出来ない銀行員等に苦しめられているようでした。

でもどうしたわけか、言葉が通じなくても夫はどんな出来事に遭遇しても問題をクリアーしてしまうので毎度凄いと思ってしまいます。

さて、そんな夫との相互理解ですが、進んでいるのかどうか、私にも分かりません。

そういえば夫と私の考え方が違うなあと最初に感じたのは、住んでみたい場所について意見を交わした時でした。

夫は都会の雑踏を好み、出来れば１００万以上の人口の都市で、大きな書店があり、交通の便も良い場所に住みたいそうで、人ごみなんかも好きだということでした。

私もそういう場所は嫌いではないのですが、出来ればこぢんまりとした田舎で、海に近く暖かい場所に住めたらいいなあと思っています。

町には商店がちょこっとあり、果物の実った樹木があり、とここまで書いて、これは幼少期に過ごした和歌山のイメージだなあということに今、気が付きました。

和歌山の海近くの古民家で、縁側越しに庭を見ながら夫は小説を書き、私は近所の商店に車で買い物に行く……そういうイメージが理想なんですよ。

と、話がそれまくっていますね。こんな感じで私はいい加減の塊のような人間なわけですが、そろそろ文字数も残り少なくなったので、今年最後の夫への課題図書を発表しちゃいましょう！

ダラララララララ（ドラムロール音）

『恐怖新聞1』つのだじろう（秋田文庫）にします！

理由は最近読み直して、個人的に色々と発見があったし、どうも夫は読んだことが無さそうだからです。

あ、あと折り紙↓新聞と紙繋がりってとこかな？

ではまた来年この連載でお会いしましょう！

追伸：夫へ。あなたの力を借りればもしかしたら『立体折り紙アート』作れるかも知れません……というわけで、次回合作はどうでしょうか？

妻から夫への一冊　**『恐怖新聞1』つのだじろう**

第24回　恐怖新聞通信

円城 塔

課題図書……『恐怖新聞1』つのだじろう

あけましておめでとうございます。

本年も宜しくお願いいたします。

ということで年も改まったわけですが、この文章を書いているのはまだ2015年のことでして、ちょっと、「小太りの人間から、書を、正月でさらに小太りになった人間に致す。つつがなしや」みたいな感じがあります。現在の体重は77・3キロです。ええ。

昨年の末はなぜか、四週連続で大阪から東京へ出ることになってしまって、とにかく風邪を引かないことを目標にしました。ここまで立て込んで

『恐怖新聞1』つのだじろう（秋田文庫・1996年）

しまうと、どこかでつまずいた瞬間に、もう立て直しようがなくなります。忙しさ自慢をする暮らしなんて、下の下である、と思うわけですが、日々の糧のためには仕方がない。でも、四週続けて行ったところで交通費だけで赤字です。ほとんど意味が分からない。

それはともかく、風邪を引く可能性をできる限り下げるにはもう、食べる、寝る、しかないわけです。新幹線のホームで弁当を買いつつ、あ、カツサンドも足しておこう、とか、ついでにコーラも、ってな感じで、ちょっとした小太り人間の生活様式が身につきました。さらには、少しでも疲れを感じるとすぐに寝ておく。もう痩せる要素が微塵もありません。自分で言い出しておいてなんですが、全く痩せられる気がしません。

これはもうほとんど哲学的な問いなのかも知れず、どうもこの、痩せる、という行為は生活全般の様々と深く絡み合っていて、解きほぐすには人間が変わるくらいの覚悟が必要なのではないか、と。

さて、回を進めるごとに夫婦の距離が開いていく感のあるこの連載ですが、でもさすがに分かってくることもあるわけで、僕の方は徐々に妻の性質の把握を進めているわけです。本当です。

なんかそうじゃないかなー、とは思っていたのですが、妻はあれですね。本当に手作業が面倒くさくて、設計図とか見ないんですね。と、前回の『立体折り紙アート』の華麗なスルーっぷりを見て感慨を新たにしました。

まあ、そういう性質なのは、日常で見て知っているわけですが、それはこう、気を抜いた姿かも知れないわけで、実は〇〇の達人だった、みたいなことはありうるわけです。そんな素振りも見せないけれど、

『幾何的な折りアルゴリズム』エリック・D・ドメイン、[1]ジョセフ・オルークとか、

『折り紙のすうり』ジョセフ・オルークとか、

『ドクター・ハルの折り紙数学教室』トーマス・ハル、
あたりを読みこなし、もうちょっと工芸寄りに、[2]ポール・ジャクソンの一連の著作を眺めていたり、妙に折り紙の歴史に詳しかったりするわけですよ。

ということは、どうも、ないようですが。

僕としては、『立体折り紙アート』にも出てくる曲面の構成にはとても

①数学的折り紙理論の第一人者。多分。

②箱の展開図などを紹介している人。

感銘を受けたんですね。折り紙って直線だけで構成しなくてよいんだ、という素朴な驚きとして。でもちょっと考えると分かるわけですが、どんな曲線や曲面でも折れるわけではなさそうです。その兼ね合いをどうしていくか、どこまでのなにをどうまとめていくか、まとめることができるのか、むくむくっと疑問が広がる感じが好きです。

色んな曲面を作りたいなら粘土で作ればよいのでは？

というのではなく、

紙ではどこまでできるのか？

という問いの立て方ですね。

そういう考え方が好きなわけです。

と、ここで、夫婦間において意外に面白い対照を見せるのは、僕は手作りがわりと好きなことです。実際に素材を触ってはじめて分かることがある、という立場です。でも小説では実地に綿密な取材をしたり、歴史に取材したりするわけでもありません。地に足がつくどころか、頭が空につっかえているような荒唐無稽な話が好みです。

妻は手作りには興味をあまり示しませんが、フィールドワークは大好きで、すぐ人に話を聞きに行きます。で、小説は、あまり現実から離れすぎてしまったものは苦手なようです。

仙人なら霞だけを食っていそうだし、自然主義者なら自給自足を目指していたりしそうなところ、互いにどこかねじれたところがあるようです。こう、二人で栄螺《さざえ》堂みたいになっている画が浮かんだりしますね。オカピの夫婦みたいな感じも。

といったところで今回は『恐怖新聞1』つのだじろう（秋田文庫）です。

あらすじ。

怪奇現象を信じない中学生、鬼形君のところに、ある晩から「恐怖新聞」が届くようになりました。恐怖新聞には未来の出来事が書かれているのですが、一回読むごとに寿命が百日ずつ減っていきます。どうやらこの現象は、霊の仕業らしいのですが……。

と、まだ1巻しか読んでいないので何がどう転がっていくのかを知らないのですが、とりあえず条件をまとめてみましょう。

i）恐怖新聞を読むと、一回ごとに百日寿命が縮む（らしい）。
ii）恐怖新聞が見える人と見えない人がいる。
iii）恐怖新聞は毎回、窓ガラスを突き破って届けられるわけではない。
iv）場所にではなく、特定の人物のところに届く（修学旅行先などにも届く）。

……ふむ……。

i）についてはですね。四回で一年ちょいということですから、これはけっこう大変です。毎日きたら、一年で百年分の寿命が縮むことになります。もう少し主人公はあせった方がよい気がします。もっともこの百日／回という数字は、同じ学校の生徒が「うわさで聞いた」もので、しかも「霊たちの」うわさで聞いたものだったりするので、信憑性には保留がつきます。

ii）これは意外に大事なところで、まずこの恐怖新聞は、電磁波と相互作用するのかどうか、ということですね。電磁波（あるいは可視光）と相互作用するのなら、誰にでも（見え方は違うかも知れないとして）何かが見えるはずです。

でも、見えない人がいる以上、とりあえず電磁気力は無縁である、とするべきとも思えるのですが、ここでiii）を考え合わせると、いつもではないながらも、新聞はガラスを破ったりすることができるわけです。この破壊は、物理的な力によってなされているのか、ということですね。一般に、人間が日常的に暮らすスケールで有効な力は、重力と電磁気力の二つです。重力は、体の重さなどで日々実感しているわけですが、他の力はほぼ電磁気力由来と考えて間違いありません。地面に押しつけられているのは重力の力ですが、地面にめり込まないのは、電磁気的な力に押し返されているからです。

ということで、恐怖新聞が物理的にどんな特性をもっているのか、あるいはこちらはもっとおおごとになりますが、既知の物理学の枠からはみ出す力に従っているのかは、かなり重要な注目点となります。

一般に心霊現象と呼ばれるものを科学的に捉えることが困難な理由は、

心霊現象を繰り返し発生させることが困難だからです。でもこの場合、「恐怖新聞現象」は繰り返し起こる上に、iv）にも見えるように、環境の変化にも強い。格好の研究対象と言えるでしょう。

これはもう、迷わず実験に取り組むべきで、たとえば鬼形君を、カミオカンデに放り込んでみるとかですね、あるいは宇宙に打ち上げてみる、などでもよいです。もしかすると、この恐怖新聞現象が科学的に解明されて、新たな力が見出されて、素晴らしい性質が見つかったりするかも知れません。

そうですね、どれだけの距離でも瞬時に情報を伝達する性質とか。たいしたことに聞こえないかも知れないですが、これはまあ、ごく素朴に考えて、超光速通信なわけです。

鬼形君が、地球から光の速度で半日くらいの距離にいるとします。そこで恐怖新聞を受け取ると、新聞を受け取った瞬間に、地球でその事件が起こる、ということになります。即時通信です。素晴らしい。この技術を手に入れた者が覇権を握るといっても過言ではないはずです。

多分、最終巻では恐怖新聞通信による銀河帝国の成立が語られることになるのでは。

……と、いったあたりが、科学者が思考する方向ではないかなあ、と思ったりです。

この『恐怖新聞』が連載されていたのは丁度僕が生まれた頃で、妻の方が詳しいのはちょっと不思議でもあるわけですが、この種の年齢逆転現象は家でよく起こります。

僕がつい、「愛などいらぬ!! ラオウ」とか言うと、「それはサウザー」と静かに指摘が入ります。『キン肉マン』とか『島耕作』とかも明らかに妻の方が詳しいわけで、そういえば以前この連載でも『黄昏流星群』の回がありましたね。

今回の指定も多分、僕が「しんぶーん、がしゃーん」とか言っているのを聞いて、「そんなに窓は割れないんだよ」と言っていたつながりのような気がします。

そのあたり、うろおぼえのものがとっても多く、僕が知っているのは実際のその漫画や小説やアニメ本体ではなく、それらをとりまく、会話なん

夫は何度言っても『幽☆遊☆白書』の蔵馬と飛影の区別があまりついていないようですし、私の好きな漫画のキャラをよく混同して覚えています。

だなあと、改めて実感したりです。形骸化した作法だけを身につけており、本物に触れたことがない、とも言えそうです。

なにかと実地に触れにいく妻は偉いなあと思うのですが、でもやっぱりフィクションとの距離感はよく分かりません。『恐怖新聞』はアリなの？というのは、『恐怖新聞』がありなら、他の荒唐無稽フィクションも仲間に入れてくれてもよさそうな気がするからで、その線引きが気になるわけです。

現実と小説についての感覚を探るために、次回はそうですね……。

須賀敦子の「白い方丈」でどうでしょう。河出文庫『須賀敦子全集 第2巻』所収。

夫から
妻への一冊

「白い方丈」須賀敦子
（『須賀敦子全集 第2巻』所収）

第25回　夢と現実の狭間に

田辺青蛙

課題図書……「白い方丈」須賀敦子（『須賀敦子全集　第2巻』所収）

あけましておめでとうございます。今年は新年に入ってから初夢らしい夢をしばらく見られず、というか起きると夢の内容をほとんど覚えていなかったんですよ。

でも最近強烈なのを見まして、その内容はというと夢の中でPCを立ち上げここの連載のサイトを更新すると『離婚届の書き方』という本が夫からの課題図書として掲載されており、本文には一言「察して」……と書かれているだけでした。

この夢には参ってしまい、思わず朝が来た時には心の奥底から「夢で良

『須賀敦子全集 第2巻』須賀敦子（河出文庫・2006年）

かった……」と思ったものです。

正夢にならないといいですね！

さて、『立体折り紙アート』で一緒に作りながら、キャッキャッうふふな記事が載る予定だったのに、大に華麗にスルーされてしまいました。

夫婦での共同作業がそんなに嫌なんでしょうか？

夫は調理中に台所に入られるのを嫌がりますし、「手伝おうか？」と言うと「いや、かえって手間が掛かるからいいです……」と答えるのが常なので、まあ、実際面倒だと何か思うところがあったのでしょう。

『恐怖新聞』は、作中に出てくるエピソードやトリビアが現実とリンクしているところもあり、その辺りに絡めたレビューを夫は書くと思っていたのですが、予想は外れてしまいました。

作中の話題に出てくるフランス人のノーベル賞受賞者のカレル博士が見た奇跡を起こす少女という一文があり、気になったのでWikipediaで調べてみたところ、たぶんアレクシス・カレルという解剖学者、生物学者のようなので、その奇跡の記述のある手記はどこで読めるのだろうか？　と調

そんなの、僕だけが作るハメになるに決まっている。

べてみました。

どうやら、『人間[※28]この未知なるもの』という本の中に載っているようなので、現在書店で取り寄せ中です。『恐怖新聞』は幽霊や怪奇現象だけでなくＵＦＯの話が出てくる回もあり、さりげなく3メートルの宇宙人のオブジェを部屋に置いている妻がこの作品が好きなのは当たり前じゃないですか。

一緒に金沢に旅行に行った時も「羽《は》咋《くい》といえばＵＦＯ！」とか言ってたでしょうに。

と、話がそれてしまいましたね。夫の声で、そんなこと言われても知らんがなと突っ込みの幻聴が聞こえてきました。

夫は割とオカルト関連の出来事や用語にも詳しいので、どこがどこまで苦手なのかよく分からないところがあります。

心霊関係の話については、信じていないけど、怖いものは怖いと感じるというようなことを言っていたような記憶があります。

まあ、実際怪談の書き手も割と信じていない人が多く、信じていないけど信じたいから怪談を集めているという人もいました。

※28　『人間　この未知なるもの』……アレキシス・カレル著、渡部昇一訳。三笠書房。1986年。

3メートルの「宇宙人のオブジェ」ではない。「3メートルの宇宙人」のオブジェ。「3メートルの宇宙人」と呼ばれるものの小さなオブジェです。別名、「フラットウッズ・モンスター」。

羽咋市はＵＦＯで町おこしをしている。

私の場合は、特に信じるとか信じないとかを考えたことはなく、面白い！　あって欲しい!!　といったところでしょうか。

さて、今回の課題図書は、「白い方丈」須賀敦子ですね（『須賀敦子全集第2巻』所収）。

あらすじ。

京都の伏見の竹野よし子という見知らぬ女性から、ミラノに住む筆者の家に突然手紙が届いた。

手紙には、ミラノにお住まいと聞いているので、お願いしたいことがあり、日本に来ることがあれば知らせてほしいと記されていた。

日本に帰国し、伏見ではちょっと知られていた造り酒屋だったという、竹野夫人の家に向かった。くたびれた着物を纏い、「ミラノ」をまるで唐天竺とでもいうようにおぼつかなく発音する竹野夫人に案内をされて、寒々しい家の中で薄茶を振る舞われることになった。

風炉の前で竹野夫人は、ティルデというイタリア人女性の発案で禅の話をしてくれる人を探しているという内容の手紙をもらったので、イタリア語の出来る日本人を探して筆者に手紙を送ったというのだ。

竹野夫人のいうティルデは、イタリアのお城の近くに住む若いお嬢さんなのだが、筆者の知るティルデは上流社会の人間ではあるけれど、若くはなく気ままな性格の女性だった。

しかし、そのことを初対面の竹野夫人に伝えるわけにはいかず、高僧をミラノへ招いて禅の講義をしてもらうという実現するとは思えない企画の話を聞くしかなかった。

昼時になると、竹野夫人は筆者を大きな荷物と一緒に車に乗せて、山深い寺院に案内したのだった。

晩秋の山寺につくと、緋もうせんを敷き、荷物からお重を出して竹野夫人は筆者に現実離れしたお昼を振る舞った。


そこの昼食のシーンが何とも言えず凄いので、少し引用します。

あたりはしんとしずまりかえっていて、色とりどりの落ち葉が浮かぶ緑青色に濁った水面に、ときどき浮かび上がってぷつんとはじける泡の音が聞こえそうだった。緋もうせんの上には、ふたり分のおべんとうにちょうどよい大きさの、みごとな蒔絵の三段がさねのお重がひろげられ、その段のひとつひとつには、ていねいに面取りをした目のさめるような赤さの京人参や小芋や椎茸や湯葉、高野豆腐などのお煮しめ、みりんで照り付け、梅酢漬けのはじかみ生姜をそえた甘鯛の西京漬け、ふんわりとレモン色に焼き上げた出し巻などが配色よくつめられ、三の重には、あの関西ふうの、黒ごまをふった指先ほどの小さい俵形のおにぎりの白が、正午をすぎたばかりの秋の陽をうけて、つやつやと光っていた。

「つめとおすけど、こんなん召しあがりますかしら。うちの蔵のをすこしだけ持ってまいりました」

そう言って、竹野夫人が、赤い縮緬の袱紗につつんだ、ぱちんと閉まる小さなふたのついた錫の銚子を取り出して冷酒をすすめるのを、私は夢のなかの出来事のように、ぼんやりと眺めていた。

「ずっと外国においでやすよって、京ふうもよろしいかと存じまして」

そう言って、夫人は、ひらたい銀の杯を私の手にもたせると、すこしふるえる指先でささえた銚子をかたむけて透明な冷酒を注いだ。やわらかい酒のかおりが、十一月も終りに近い山里の空気のなかにさっと散りひろがった。

昼食を終えた後、ミラノの寺院で禅の講義をお願いする予定だという高齢の禅僧に会い、幾つか言葉を交わした後、白い陽光に溢れた方丈を後にした筆者は、ミラノに帰国する。だが、幾ら時間が経っても、竹野夫人からも高僧からも何の連絡もなく、周りのゼミナールや講演に詳しい人に聞いても、そのような禅の講義の企画など聞いたことさえないという。

そんなある日、竹野夫人からミラノに手紙が届き、その中にはティルデが許されぬ恋のため、家族の反対にあって女子修道院に閉じ込められているので企画が中止になってしまった、こんなことが現在のイタリアではありえることなのでしょうかと書かれていた。

筆者は気まぐれなティルダが企画が立ち行かなくなったので、竹野夫人に稚拙な嘘をついたのだろうと思い、そう伝えたのだが夫人は相変わらずミラノに招待されるのを待ち続けているようだった。

その後、夫が急死したことで、帰国していた筆者のところに、竹野夫人から電話が入った。

エッセイを読んでご主人が亡くなったことを知ったので、お悔やみを筆者に伝えて欲しいという竹野夫人に、家人ではなく筆者本人が電話に出ていることを伝えると、「あっ」と小さな叫び声が聞こえて、そこで突然ぷっつりと電話は切れたのだった。

怖い話……では、決してないのですが、虚と実がないまぜになって進む情景描写に、酔わされて、気持ち悪さやけだるさも含ませながら、ドンと突き放されたような冷たさを最後の数行から感じてしまいました。

みんなが少しずつ、浮世離れをしていて、イタリアと日本の文化の差もあり、どこか奇妙な捩《ね》じれを伴ったまま進む会話と企画。

この話は筆者も作中で語っているように、どこまでが真実なのか、虚実の境界が非常に曖昧な部分が多いです。

京都という土地そのものが、ちょっと大げさでファンタジーめいていて、よその人から見ると異世界のような独自のルールで動いているような印象があり、そんな土地が舞台だからこそ、こんなエッセイが生まれたのかも知れません。

京都市内に古くから住んでいる人の暮らしや、寺院の日常というのは、実際は違うのかも知れませんが、どこか謎めいていて、違う時間が流れているように思います。

京都は大阪から電車でほんの数十分程の距離にある町なのに、出歩いて辺りを見渡すと、大阪とは違って簡単に中のものを見せてたまるかという意地のようなものを感じることがあります。まあ、それは京都といっても県境に育った者が感じる勝手な思い込みかも知れませんが、作中に出てくる竹野夫人が京都の伏見の人でなければ、このエッセイの雰囲気はきっとガラリと違ったものになっていたことでしょう。

自分の中でまだ上手く整理出来ていないせいか、感想として纏めることが出来ませんでした。私にとって「白い方丈」は季節が変わるたびに、思い出すように何度も読み返して少しずつ距離を縮めていくような作品なのでしょう。

ミラノはまだ足を踏み入れたことのない土地なのですが、数年前イタリアには夫と一緒に行ったことがあります。

そこで立ち寄ったのは、ヴェネチア、ローマ、フィレンツェ、タオルミーナ、パレルモの町で、ヴェネチアの町がどことなく京都に似ていると感じました。

観光地として知られていることと、地元の人の郷土愛と観光客に対しての接し方にどことなく通じるものがあるような印象を受けたからなのですが、北海道生まれの夫がこの本を読んでどんな感想を書くかちょっと興味が出てきました。いつか2人が同じ本を読んでお互いにレビューを書くという回があっても良いかも知れませんね。

ただ、私の文章力の至らなさばかりが目立ってめげてしまいそうな予感もしますが……。

さて、次回の課題本は最初、ＵＦＯ関連の本にしようかなということで、

『ロズウェルなんか知らない』にしようかと思ってたんですが、小説ともエッセイともつかない話……で連想した作品があるのでそちらにします。『吉屋信子集　生霊　文豪怪談傑作選』（ちくま文庫　東雅夫編）の中から、「かくれんぼ」を。

夫は既に読んだことのある一冊だと思うのですが、今回「白い方丈」を読んで私が連想したのがこの作品だったので、課題図書として選びました。そんなわけで、いい加減で、今年も言ってることや自分ルールがころころ変わりそうな私ですが、よろしくお願いします。

あ、あとこの連載には、「裏YomeYome」というのがあり、夫の部屋にこっそりとお勧め本を置いたりする個人企画があります。ちなみに今、思いつきました。

数ヶ月前の話なんですが、『決してマネしないでください。』という『モーニング』で連載していた漫画をこっそり仕込んでおいたら見事嵌《はま》ってくれました。いやあ嬉しいですね。

もう気分は若紫を仕込む光源氏ですよ。と、今回も脱線しまくりですが、この辺りで失礼します。

妻から
夫への一冊

「かくれんぼ」吉屋信子

（『吉屋信子集　生霊　文豪怪談傑作選』所収）

第26回　温泉宿にて

円城 塔

課題図書……「かくれんぼ」吉屋信子

（『吉屋信子集　生霊　文豪怪談傑作選』所収）

前回、妻が初夢の話を書いていましたが、僕もこの正月はわりと悪夢にうなされ続けまして、あんまりよく見るので、ノートに覚え書きをつけておいたやつが一つあります。再構成すると、こんなのです。

〝夕暮れどきに、薄汚れた町の細い細い一本道を歩いている。両側の建物が迫ってひどく進みにくい。向こうから人がきてもすれ違えるような道ではない。道の行く手に砂色をした広場がひらけており、段ボール箱が無秩序に積み上げられて、そこここに組まれた鉄骨は錆びて赤色になっている。

『吉屋信子集　生霊　文豪怪談傑作選』吉屋信子（ちくま文庫・2006年）

遊具はない。ボロを着た子供たちが理解できない奇声を上げながら遊んでいる姿が見える。どうしてわかったのかは不明ながら、ここが「ウンゴロ園」であるということはわかる。子供が一人、遊びから抜けて駆けてきて、「ずっとここで遊んでいる」という。壁に拵《こしら》えられた小さなドアの一つが不意に開き、男が一人顔を出す。こちらは反射的に「二度ときません」と謝っている。男は「あたりまえじゃ」と叫ぶと大きな音を立ててドアを閉めた〟

文章にすると別に怖くないですが、実際に夢で見ると、筋道がないだけに、わりと怖いものです。連日こんな感じの夢にうなされていました。なんでしょうね。ウンゴロ園。

それはともかく、1月の終わりに一人、別府へ行ってきまして、まあ温泉に入ろうとするわけです。鏡に誰か醜い中年男性が映っていて、ああはなりたくないものだ、と思った相手が自分、というショックを経験しました。

こっちの方がよっぽど悪夢ではないか。

ということで今月の体重は、79・0キロ。78キロ台を飛ばしていきなり79へのせてきました。毎度言っていますが、そろそろ真面目に考えたい。ダイエット記録じゃなくて、単なる膨満記録になってますしね。もっともまだ記録開始から一年経ってはいないので、「一年間の周期的な体重変動」である可能性は否定できません。……そんなことはないですね。

ところで言葉というのは不思議なもので、同じ単語であっても地方によって意味が全然違ったりします。「汁粉」と「ぜんざい」とか、「かまぼこ」と「あげ」と「天ぷら」とか。けっこう地方色が豊かです。「豆腐」と「納豆」の漢字がどう考えても実体とは逆ではないかとか、「羹《あつもの》」とは何か、とか。

地方とは少し違うのですが、「オカルト」もなかなか分野によって広い使われ方をしていたりして、人の組み合わせ方によっては不思議な問答になったりします。隠秘学と書くようなオカルトと、怪談話のオカルト、現実の陰惨な事件に対してのオカルトとか、色々あります。

僕がオカルトと聞いてまず思い浮かべるのは最初のオカルトで、そうですね、魔術や隠れた信仰とかです。現実の理屈とは別の理屈が表面の下に隠れているのだ、ってやつですね。

世界はなになにでできている、とかいうのも含みます。

滅茶苦茶細かい世界設定マニアみたいなもので、『①ある神経病者の回想録』あたりまでを含めてもいいんですが、もうちょっと数人の間で共有されている何かの想像、もしくはなぜか同好の士を集めてしまう空論、みたいなものです。

怪談はあんまり、世界設定を語り出したりはしません。

ところで科学者はオカルトと相性が悪いのかというとまあそんなこともないのであって、学者というのは別に教科書の内容を全部暗記する才能がある人じゃなく、新しいことを考えつく人なわけです。新しいことを思いつくのは一般に、定石を踏んでいるだけではできないわけで、どこかで突飛な跳躍が必要だったりします。そのきっかけが、妙な思い込みだとか信仰だとかするのは珍しくなく、あくまでも合理的な結果でも、発端はわけがわからなかったりします。

②ケクレはベンゼン環の構造を夢に見ましたし、③ジョセフソンは超伝導体

①ある日、自分は神によって女性に改造されたと思い込んだシュレーバー氏の書いた大部の考察。

②アウグスト・ケクレ、化学者。本当に夢の中で思いついたのかには諸説あり。

③ジョセフソン接合、ジョセフソン効果に名を残すブライアン・ジョセフソン。意外に思えるかもしれないのだが、２０１７年2月現在、存命。

でのトンネル効果の研究でノーベル賞をもらったけれど、超心理学の存在を信じていたりするわけで、まあ、科学は結果が誰にでも再現できれば、発見の筋道は特に関係ありません。

というわけで僕は「オカルト」好きではありますけど、なんでしょうね。「世界の別の理屈」とかを考えてしまう人が好き、ってことなのかも知れません。

といったあたりで、今回は、吉屋信子の「かくれんぼ」です。『文豪怪談傑作選』[※29]所収のものを読みました。

あらすじ。

梅雨時に温泉宿で書き物をしていた「わたし」は、風呂で二人の婦人と知り合いになる。一人は小太りの中年女性、もう一人は相当の年配であるが、すらりとした老婦人である。この老婦人が語りはじめるのが、かくれんぼにまつわる怪談調の思い出話で、「わたし」はそれをメモをとりながら聞いていく。かくれんぼをしていたところ、鬼をしていた子供が見えな

※29『文豪怪談傑作選』……東雅夫編の文豪別の怪談アンソロジー。

くなった――。

　ということで、話中話の形をとっているのですが、老婦人の回想と現実が二重映しになるようにもなっており、非常に整った形につくられています。果たして、メモをとった「わたし」がそれをもとに再現したのがこの「かくれんぼ」なのかというと……。考えていくとなかなかややこしくて面白いです。

　温泉街で読んだので、妙に臨場感がありました。

　僕はこれまで吉屋信子を読んだことがほとんどなく、頭の中では型通りに、少女小説家という箱に入れていました。[④]『マリア様がみてる』が入っていたり、森茉莉[※30]の作品が入っている箱ですね。

　小説や漫画を書く人には、何を書いても同じシリーズにつながってしまう人と、ばらばらに書き分けることができる人がいますが、吉屋信子は後者のタイプなのだなあ、と不覚にもはじめて知りました。後者のタイプで有名なのは坂口安吾[※31]ですが、吉屋信子もひょっとするとそれに近いのでは、と思ったりです。『文豪怪談傑作選』という作品集ということはあるにし

④今野緒雪による長大な少女小説。

※30　森茉莉……1903～1987年。小説家、エッセイスト。

※31　坂口安吾……1906～1955年。小説家。

ても、文章の幅がかなり広く、意識的に造形を変えていくことができるようです。

そんなの作家ならできて当たり前じゃん、と思うかも知れませんが、全然そんなことはなくてですね。ジャンルを書き分けるのともまた違う、文章の幅というものは何かあります。クセともまたちょっと違うものです。どんな文章を書いても、「これはあいつの文章」とすぐにばれる、指紋のようなものしか書けない人でも妙な幅を発揮したりすることがありますし、時代やジャンルを変えても判で押したような文章で押し通すような人もあります。

文章ってかなり不思議なものです。ちょっと続けて読んでみたいと思いました。吉屋信子。

といったところで、さて次回。

ふむ。

現実に取材する、もしくは取材したと設定した場合、登場人物はまあ誰かモデルになった人物がいると想像することができるわけです。

女がいた、と書けば女はどこかにいたわけです。

ここで、その女とは、人間の？　とか聞き返す人はちょっとおかしいところがあると僕は思うのですが、自分自身、そういうところが気になってしまうタイプです。

そこにいきなり「女がいた」と書いてあるときに、何を想像するかですね。

僕の書く小説は情景が浮かばないとか筋がわからないとか、意味がわからないとか言われることが多いのですが、たとえば「女がいた」と文章を書くときに、頭の中に女の姿が浮かんでいないのも一因なのかも知れません。

「女がいた」という文章だけが先にあり、自分も一緒に、「その女とはどんな生き物なのか」、「女が立っている」とは一体何を意味しているのか、とそこから考え出すような感じです。

そこに女が見えていて、「女がいる」と書くのとは全く逆方向で、そのあたりが読みにくさを生んでいそうな気がしてきました。

でもですね、小説が前にあるときに、それを書いた人の気持ちとか状況とか、込めたかった想いとかは何にもわからないわけで、一般にはただ文章があるだけです。

では、本を前にしたそのとき、一体、何が起こっているのか——が僕なんかは気になります。

ということで、次回は、ピーター・メンデルサンドの『本を読むときに何が起きているのか』にします。

痩せておきます。

夫から妻への一冊　『本を読むときに何が起きているのか』ピーター・メンデルサンド

第27回　絵と文章の間に

田辺青蛙

課題図書……『本を読むときに何が起きているのか』ピーター・メンデルサンド

今、壁に掛かったお面の視線を感じながら、課題図書を読んでいます。場所は大阪の日本橋にあるSUNABAギャラリー。理由はですね、現在「大阪てのひら怪談」という企画展が行われており、そのキュレイターが私で、その企画展の場所がこのSUNABAギャラリーだからです。

企画展の内容は、一般公募で集めた８００文字以内の大阪に纏わる怪談（作中に大と阪が入っている等でもＯＫ）全てに、イラストレーターであり人形造形作家でもある、山下昇平さんがイラストを付けて展示するとい

『本を読むときに何が起きているのか　ことばとビジュアルの間、目と頭の間』ピーター・メンデルサンド（フィルムアート社・2015年）

うもの。

文字を読んでイラストを付ける……その作業を投稿作276点分行い、その合間にイラストだけでなく山下さんは立体の造形物を作り上げてしまいました。

山下さんには過去に、ホラー大賞の授賞式や結婚式で着たプラグスーツの作成を頼んだこともあり、何でも出来るマルチな作家さんでもあります。あ、ちなみにそのプラグスーツは当時の私のサイズに合わせて作ったので、結婚後に太ってしまった今は着ることが出来ません。

まあ年齢的に14歳の少年、少女が着ている衣装っていう時点で厳しいところもあるんで、これで良かったのかも知れません。

最近コスプレはあまりしていません。たまに着ているのは『銀魂』[※32]とか『ジョジョの奇妙な冒険』[※33]で、ごくごく親しい仲間と集まり、ひっそりこっそりと楽しんでいます。

ってコスプレの話題から課題に話を戻します。

投稿作品を読んでその場で浮かんだイメージを描いてしまう山下さん。

サラッと書いているけど、奇妙なことではないか。

※32　『銀魂』……空知英秋による全77巻の漫画。集英社。2004年〜2019年。

※33　『ジョジョの奇妙な冒険』……荒木飛呂彦による漫画。1987年より『週刊少年ジャンプ』、2005年より『ウルトラジャンプ』にて連載中。

他人の文字イメージから生じた作品に囲まれた部屋で、読んでいる課題本が『本を読むときに何が起きているのか　ことばとビジュアルの間、目と頭の間』なわけですが、これは夫の粋な計らいと思っていいんでしょうか？　それとも偶然なんでしょうか？

幸いなことに今、ギャラリーには私以外誰もおらず、とても静かです。

―偶然です。

さて、課題図書を読み進めていきましょう。

ページを捲ると黒地に白抜きの文字でタイトルと著者名と訳者名が飛び込んできます。次のページを捲ると、左側に灰色のページ、右側には白いページが現れます。右側のページには、真ん中よりやや下の辺りに1本の短い線が引かれていました。そして、次のページを捲ると現れる何の文字も書かれていない真っ黒のページ。

文字とイラストと、写真が色んな風に折り重なってパッと現れたり、急に質問を投げかけられたり、読んだり眺めたり、考えたりするような作りになっています。

実際の作品の文章を基に、人はどのように作中人物のイメージを思い浮かべ、また、更新していくのかを順を追って丁寧に筆者は分析していきます。

私たちは想像せずに読むこともできるし、理解せずに読むこともできる。物語の筋を失う、理解できていない言葉をそのまま読み過ごし、何に関連しているのか知らずに言葉を読んでしまうと、私たちの想像するものには何が起こるのだろうか？

様々なフォントの入り混じった本から投げられる質問を読むうちに、これは対話する本のようだと感じたり、学校の先生の授業を受けているような気分を味わい、静かなギャラリーが教室のように感じられ、錯覚なのか、木の机の肌触りや匂いをふっと思い出してしまうことも何度かありました。

昔、何の本だったのか忘れてしまったのですが、作中に「とび色の髪をした乙女」という文章が出てきて、私は「とび色」がどんな色か知りませんでした。

子供時分だったので今のようにインターネットは発達しておらず、辞書を引くのも面倒だと感じた私は、周りの大人に「とび色」はどんな色？と聞いてみました。

すると「とび魚の鱗のような色」「茶色じゃないの？」「トンビのような色」等という答えが返って来ました。

ますます分からなくなった私は、その主人公（よく覚えていないのですが、長い髪の描写が何度も出て来ました）は玉虫のように光を受けると色が虹色に変わる艶がかった髪をしているのだと想像することにしました。

今調べてみると、鳶色《とびいろ》は猛禽・トビの羽毛の色のような赤みのある茶色ということで、大人から聞いた返答はあながち外れていなかったということが判明しました。

これでやっと、ずっと玉虫色の髪を靡《なび》かせていた女主人公の髪の色は、赤みがかった茶色に落ち着いたことになります。

文字から受けるイメージによって、情報が更新されることと、記憶については、今回のギャラリーの展示を見ていても感じさせられることが多々ありました。

「幽霊」という単語1つとっても人によって思い浮かぶものは違うでしょうし、その一例として山下昇平さんが描いたイラストが壁にあり、私は私の頭の中でイメージした幽霊と、そのイラストを見比べてしまいます。

そういえば、私は時々考えてしまう事柄が1つあって、それは人は記憶を蘇らせて見ている時、現実の風景をどのように捉えているのか、人は記憶と現実の風景を重ねてみることは可能なのかどうか……ということなんですが、このことについて上手く、私みたいな素人でも分かりやすく理解出来るように書かれた本はあるんでしょうか？

あれば知りたいのでツイッター等でどなたかタイトルを教えてくれると有難いです。


夫は最近、翻訳本の企画を幾つか手掛けており、その中で小泉八雲の『怪談』を翻訳したものがありました。

力バカがRIKI―BAKA、食人鬼がJIKININKIとアルファベット表記になるだけで随分と違う印象を受けます。

夫はアメリカ旅行中に原文の『怪談』(Kwaidan)を読んで、Musō

Kokushiって何？ と思い、後日調べてみて臨済宗の禅僧、夢窓国師と気が付いたということでした。

JIKININKI（食人鬼）

Once, when Musō Kokushi, a priest of the Zen sect, was journeying alone through the province of Mino, he lost his way in a mountain-district where there was nobody to direct him.

同じ風景やストーリーを描いた話でも言語が違えばがらりと印象が変わり、これまた夫から聞いた話なのですが『源氏物語』の六条御息所が英文で読むと[①]6丁目の貴婦人のようになっているそうです。本を読みながら、文章の違いや描写の異なりによって更新されるイメージを楽しむ……これは映画や他の媒体では楽しめない、読書ならではの醍醐味かも知れません。

さて、ギャラリーに人が入り始めたことですし、そろそろ文字数も制限に達するので次回の課題図書の発表に移りましょう。

①アーサー・ウェイリー訳の『源氏物語』において、Lady Rokujo はまた、The lady of the Sixth Ward と呼ばれることがある。

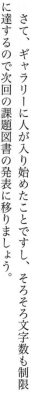

次回の課題図書は、先日我が家で『更級日記』の話題が出たことにちなんで、勾玉《まがたま》シリーズの一冊『薄紅《うすべに》天女』荻原規子にします。
古典をベースにした作品の中で、大好きな一冊です。

妻から
夫への一冊

『薄紅天女』荻原規子

第28回　神話づくり

円城 塔

課題図書……『薄紅天女』荻原規子

わたしに、薄「紅《くれない》天女」を演らせてください……！

ということで、お互い全然歩み寄る気配の見えないこの連載、今回は『ガラスの仮面』[※34]——ではなくて、『薄紅天女』です。

いわゆる「勾玉三部作」の第三部ということで……、以前も書いたのですが、僕はあれです。続き物は頭から読みたい口です。順番に読んでいかないと落ち着かない。たとえ「三毛猫ホームズ」シリーズを読むとしても最初から読みたいわけです。

以前の回は課題本が『黄昏流星群』で、各話の独立性も高かったことと、

『薄紅天女』荻原規子（徳間文庫・1996年）

後日聞いてみたところ、夫は『ガラスの仮面』が未読であることが判明しました。うちに49巻まであるのに！

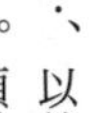

※34　『ガラスの仮面』……美内すずえによる漫画。1976年連載開始。

27巻まで全部を読むには時間も足りない、ということで、途中からいきましたが、まあ、例外です。

どうしようかと考えて、今回は、『空色勾玉』『白鳥異伝』（上下）『薄紅天女』（上下）と、徳間文庫版の五冊を続けて読んでみました。もっともこれは読み手の性格のせいで、順に読んでも、『白鳥異伝』からでも、どれからでも大丈夫というのは本当でした。実際、『薄紅天女』の巻末対談でも、未読の人に勧めるとしたら、『薄紅天女』からというのもよい選択だということが言われていますし。

確かに、年に五冊くらいしか本を読まないという人にならば、そういう勧め方がよいはずです。最初から読むように、となると、一年が「勾玉三部作」で終わってしまう。それもちょっとどうかなあ、ということです。

一年にどれくらい本を読むかによって、お勧め本も変わるってことですよね。一ヶ月で十冊以上読むよーという人は、最初から読んだ方がよいと思います。その方が絶対面白いから。

ちなみに、僕が書くお話は、年に百冊くらい読む人用ではないかな、というのが自己評価なんですが、どうでしょう。

本作はざっくり分けると、いわゆるジャパニーズ・ファンタジーに分類されます。古代日本（この場合、神話時代から平安時代初期）を舞台として、神話や史実を織り交ぜながら進んでいきます。『空色勾玉』が神代の時代、順に時代が下っていき、『薄紅天女』で平安ですね。

――といったところで以前から疑問に思っていたのですが、ジャパニーズ・ファンタジーはやっぱり、女性読者が集まるお話が多いように感じるわけです。勿論、伝奇ものなどで男性読者の方が多かろうというものもあるわけですが、なんとなく、そういう感じがします。

どうしてかなと思いつつ、『池澤夏樹＝個人編集　日本文学全集』を読んでいて膝を打ったのですが、なるほど、日本の古典というものはたいてい、男女が離れたくっついたを語っていて、戦場の手柄を高らかに謳い上げたりはしないわけです。勅撰和歌集、ということは、国としてつくった歌集が、もう恋の歌だらけで、戦場の勲《いさおし》もなければ、天下国家の経綸もなく、勝者を讃えたり、敗者を嘆いたりもしない。

基本的に、わたしがあなたを、あなたをわたしに、恋しくてふるえる、とか延々やっているわけです。

これは、偉大なことではないか、と池澤氏は言うわけです。戦争の話なんかを自慢げにしているよりも、恋の歌を詠み交わしあっている方が、文学的にはよほど成熟している（円城による意訳）。

なるほどなあ、というところもあります。今でも、『平家物語』より『源氏物語』の方が圧倒的に人気がありますしね。

で、ですね。

そういう土壌がある一方で、現在のフィクションの傾向として、二つの大きな流れがあります。

「自分が恋愛に全面的に関与して進行する話」と「自分と恋愛は関係ないものとして進行する話」です。前者は「くっついて（もしくは別れて）からがお話」で、後者は「くっつく（もしくは別れる）までがお話」です。前者は「モテに気がつかない、もしくは翻弄するのは相手」ですが、後者は、「モテに気がつかない、もしくは翻弄するのは自分」です。前者は「恋愛を前提に行動」しますが、後者は「恋愛というものはないかのように行動」します。

ま、ざっくり言うと、少女漫画型と少年漫画型ということになりそうですが、色々と語弊もあるので、『どちらのパターンを好むかに男女で有意な相関がありそうだ』くらいにしておきます。

というので長くなりましたが、以上の、「日本の古典文学は恋愛もの」と「恋愛ものが好きかどうか」を混ぜると、ジャパニーズ・ファンタジーは恋愛もの好きの人じゃないとなじみにくいのではないか、という推測が成り立つわけです。

ふう。あんまり力んで言うようなことでもないですね。

『薄紅天女』の舞台は、平安時代（に非常によく似た世界）。京都では怨霊が猛威を振るい、東北では蝦夷《えみし》との戦いが続いています。武蔵の国は竹芝に、双子のように仲のよい同い年の叔父と甥がいます。この一方には、血の秘密があり、その秘密を求めて一方は東北へ向かい、残された方はあとを追います。朝廷をも巻き込むその因縁とは……。

というのが導入です。

ちょっと気になるのは、超兵器的能力を誇る勾玉の力や、この世界内では実際に存在するらしい呪術的な力なわけですが、ここまでの二部を読んでいれば、大丈夫です。大丈夫というのは、「ファンタジーだから何があっても細かいことを言う方が野暮」っていう大丈夫ではなくて、「この世界はもともと本当に神様が地上を歩いていたんだから、その置き土産としての超兵器はあり」ってことです。神様だし。

なんですか、こう、日本の中世ファンタジーそのものというよりは、別のちょっと異なる起源を持つ日本神話が、現実の日本の歴史に接続してくる過程を描いた三部作として読める、って感じでしょうか。そういう意味でこの第三部、『薄紅天女』が一番ふつうの歴史小説っぽく見えて、第一部の『空色勾玉』がファンタジー小説のように見える、ということになっていそうです。

と、ここで、ファンタジーとはどの程度の普遍性があるものなのか、と気になったりします。というのはですね、竜が姫をさらって騎士が助けにいく、というのは、ある程度の普遍性というか、こう、すとんと落ちるところがあります。すんなりとイメージしやすい。お話のパターンってやつです。

さて、日本神話や歴史のパターンや語彙って、どのくらい、他の国の人にも通じるのかなと思うわけです。西洋ファンタジーと呼ばれるものは、まあ何か、思想史とか社会史とかともリンクして、それなりに扱いが安定しているところがあります。ある程度、触り方や作法が決まっている。その点、日本の神話ということになると、階級の問題だとか、女性の扱い、血統の話などなどで、なかなか立ち位置を決めにくいところがあって、どうもこう、僕なんかだと落ち着きません。ファンタジー化しきれないところがたくさん残って、どう扱えばよいか困る、という感じでしょうか。

ちょっと困ったので、①ボルヘスの「②『傲慢な式部官長』吉良上野介」（中村健二訳『汚辱の世界史』岩波文庫所収）と③ユルスナールの「源氏の君の最後の恋」（多田智満子訳『東方綺譚』白水Uブックス所収）を読み返して考えたりもしたのですが、うーん。やっぱりなにか落ち着きが悪い。

これは自分が日本語話者だからなのか、それとも日本人だからなのか、とか悩みますね。

①アルゼンチン料理の一種。ではない。

②ボルヘスの書いた珍しい日本物。

③マルグリット・ユルスナール。非常に精巧な小説を書く仏作家。晩年はアメリカ・メイン州に住んだ。「源氏の君の最後の恋」は花散里を主人公にした短編。

といったところで次回ですが、ふむ。ファンタジーの立ち位置を考えるということで、『終わらざりし物語』（下）④クリストファ・トールキン編、山下なるや訳（河出書房新社）所収の「イスタリ」にしようかなと思ったのですが、ええと。

ファンタジーの架空性も気になるんですが、SFの架空性も気になるなあというところで、このへんでSFにふってみることにします。ジョン・ヴァーリイ、『〈八世界〉全短編2　さようなら、ロビンソン・クルーソー』所収の「ビートニク・バイユー」で。意外に、この連載はじめての、SFっぽいSF。

今月の体重は77・5キロでした。……なにかほんとに、年単位の周期的な変動みたいな気がしてきましたね。冬に太る獣みたいな。

夫から妻への一冊　**「ビートニク・バイユー」ジョン・ヴァーリイ**（『さようなら、ロビンソン・クルーソー』所収）

④『指輪物語』の作者J・R・R・トールキンの息子。父親の遺稿を管理、整理している。『終わらざりし物語』はそのひとつ。「イスタリ」はガンダルフたち「魔法使い」についての設定が書かれている。

第29回　月面のテキサス

田辺青蛙

課題図書……「ビートニク・バイユー」ジョン・ヴァーリイ

（『さようなら、ロビンソン・クルーソー』所収）

「この連載が始まってから、不思議なことに夫が何を考えてるか、何が言いたいのかすぐに分かるようになったんです」

「ハハッ、そうだね、ハニー。本当にこの連載をスタートして良かったよ」

「本当ね、それまでは貴方が何を考えているかなんて全くサッパリ分からなかったんですもの」

「信じられないね。どうして僕らはあんなにもお互いを理解しあえなかったんだろうね。君の顔を見るだけで、今はほら、君の考えていることが透

『〈八世界〉全短編2　さようなら、ロビンソン・クルーソー』（〈八世界〉全短編2）ジョン・ヴァーリイ（東京創元社・2016年）

け透けさ」

「んもう！　貴方ったらあ」

ってな感じになりそうにないまま続いてるこの連載ですが、相互理解を目的としているのではなく、自分がレビューを書きやすい本を選んでいるのではないかと疑っています。

どうなんでしょうか？

さて、今回の課題図書はジョン・ヴァーリイ『〈八世界〉全短編2　さようなら、ロビンソン・クルーソー』所収の「ビートニク・バイユー」ですね。

著者はテキサス州、オースティン生まれだそうです。

テキサスにはワールドコンが開催された年に、夫と一緒に訪れたことがあります。

焼け付くような日差し、凍死を覚悟してしまいそうなほど効きまくったクーラー、ラー油入りの何故か酸っぱい味のする饂飩《うどん》、テンガロンハット、野菜がなく肉肉肉の食事の日々……親切なラテン系の人たち……。　テキ

ここまで読んでいただいている方にはおわかりかと思いますが、明らかに違います。

サスの思い出を羅列するとこんな感じです。

そういえば、テキサス大の日本語学科で村上春樹を知っている人！　と聞いてみたらゼロでした……水木しげるや、永井豪[※35]は割といたんで、今、日本を知りたいとか、勉強したいって人が読みたいのは、小説より漫画なのかも知れませんね。で、逆に「アメリカの作家で誰を知っていますか？」と聞かれて、私はラヴクラフト[※36]とスティーヴン・キング、ジョー・ヒルなんて答えてしまったので、日本人はアメリカのホラー作家ばかり読んでいると誤解されてしまったかも知れません。多分読んでいないと思いますが、私に質問した学生さん達にそれは誤解だと言っておきます。

今回の「ビートニク・バイユー」ですが、書く場所や環境が作品に影響を及ぼすんでしょうか？

何故か遠くの星や未来での出来事ではなく、著者のプロフィールを知ったうえで読んだせいか、書いてある出来事は、現在では起こり得ないような話なのですが、アメリカの片田舎で、ショッピングチャンネルを見ることと遠方のショッピング・モールに行くことしか娯楽のない土地に生まれ

※35　永井豪……1945年〜。漫画家。

※36　ラヴクラフト……ハワード・フィリップス・ラヴクラフト。1890〜1937年。アメリカの小説家、詩人。

育った、青年の物語のような印象を受けました。

頭に浮かぶ景色も、バブルドームのある月の風景ではなく、アメリカのトレーラーハウスのあるような場所で、その理由は私が普段ＳＦをあまり読んでいないせいかも知れません。


あらすじ。

主人公のアーガスはルナリアン（月生まれ）の13歳。小説家を目指している為に、あらゆるものを物語と登場人物という観点で眺めがちなところがある少年です。

アーガスの傍には、教育係の先生キャセイとトリガーがいます。キャセイは見た目こそアーガスと同じ13歳ですが実年齢は40を超えた大人で、トリガーは１００歳を超えています。

彼らは（時には性別を変えて）何度も子供時代の年齢に戻りながら、教育を施す相手の前にプロの遊び相手として現れ、考えることや、生きていくうえで何が危険かを教えてくれる存在なのです。

そんなキャセイとアーガス達が沼地にいる時に、出産用骨盤を装着した妊婦が、怒りに満ちた目でやって来ます。

妊婦はキャセイ達にからかわれても、逃げられても、何度も沼に足を取られて滑り、泥に塗《まみ》れながら彼らを追い続けてくるのです。

やがて彼らは妊婦に不気味さを感じはじめ……。


最初の妊婦のシーンで、未知の病原菌かエイリアンに寄生された妊婦が新たな宿主を求めて泥沼を延々と追って来るホラー展開か！　と予想したんですが、そんな流れにはなりませんでした。

つい、それっぽい描写があると来るか！　来るか！　と思ってしまうのは私が普段ホラーや怪談小説ばかりを読んでいるからでしょう。

妊婦を追い払うために警告を口頭で何度も伝えた後、妊婦に向けて教育係のキャセイは泥を投げつけます。泥を浴びせられてもなお強い怒りを発する妊婦。

アーガスもキャセイに倣って、躊躇《ためら》いを少し感じながらも妊婦に向かって泥を投げつけます。このあたりの文章は読んでいて主人公のアーガスと同じようにちょっと嫌で割り切れない気持ちを味わわされてしまいました。


—なりません。

現在の人類が望みうる願いが叶えられているけれど、閉塞感や息苦しさは常に付きまとっているし、少年の夢には何故か影が付きまとっているような世界。

この作品からそんな印象を受けてしまう理由は、私自身が、幼少時代田舎で少し息苦しさを感じて育ったからなのか、それとも20代前後に海外を旅していて、そういった景色を目にすることが多かったからなのかは、分かりません。

多分、このレビューは夫が予想していたような内容ではないでしょう。この作品については、夫がどう思ったのか、そして何故私に勧めたのかも含めて気になるところです。

妊婦を追い払った後に、キャセイが教育係として別れの時期が近いこと、そのことを受け入れるようにアーガスに伝えます。

アーガスが小説家になる為の取材に赴くと、その移動中に出会った少女トリルビーとの恋で、ボーイミーツガールの展開になるかと思いきや、またもや私の予想は裏切られ、最初に出てきて泥を浴びせられた妊婦が思わぬ行動に出た為に、登場人物全員が少々苦い思いを味わうことになります。

「ビートニク・バイユー」は司法と教育や性という重くなりがちなテーマを扱いながら、少年時代の終わりの切なさを感じさせられる良い作品でした。私はSFもたまに読むのですが、どちらかというと幻想色の強い作風を選びがちなので、夫がお勧めしなければこの作品を手に取ることは無かったでしょう。

夫と結婚して変わったことは色々あるんですが、そのうちの1つがワインを飲むようになったことですね。

食生活も随分変わりました。もし、夫と一緒になっていなければ、レシピ通りに正しく作られた料理を食べるなんて、夢のまた夢だったに違いありません。

野菜炒めと鍋とカレーと買って来たお惣菜を順番に食べるような日々を過ごしていたことでしょう。と、想像してみましたが、まそれはそれで良いし、夫が出張の時なんかはウッヒョー!!　これこれ!!　みたいな感じで、インスタント麺啜ったりしていますが、えーっと何の話してましたっけ？

まあ、夫のおかげで健康的で美味しい食事を味わえる機会が増えているので感謝しています。私の料理はちょっとね、自分で食べても味が個性的すぎるなあ……と思うことがよくあります。

いつか、課題本にレシピが選ばれるんじゃないかと冷や冷やしているんですが……まあ、読むだけなら大丈夫ですよね。


そろそろ文字数的に課題本を決めなきゃですね。ってことで、こないだ自分で勉強の為に買ったワイン本を課題本にします。

ワインの入門書って見つけるのがなかなか難しいと感じているのって私だけでしょうか?

よく飲んではいますが、まだまだ基本的なことも知らないので、選んだ一冊です。

妻から夫への一冊　『今夜もノムリエール』イセダマミコ

第30回　正解夫婦を求めて

円城 塔

課題図書……『今夜もノムリエール』イセダマミコ

相互理解が進まない、進まない、と繰り返しているこの連載ですが、いやでも、少なくとも僕の方では、全く進んでいないということはなくてですね。じみーに前進してはいるわけです。ただその進展速度があまりにのんびりすぎるので、先へグラフを伸ばしてみると、「まあ、今生では間にあいそうにない」って結論になりそうっていう。

前回妻から、「相互理解を目的としているのではなく、自分がレビューを書きやすい本を選んでいるのではないか」っていう疑問が提出されまし

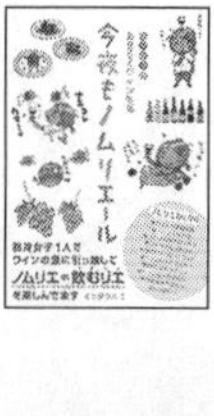

『今夜もノムリエール』イセダマミコ（星雲社・2016年）

たが、そうなの？　って感じです。僕はおおむね、目的があって選んでます。

あの、ブラックボックスってあるじゃないですか。中身に何が入っているかはおいておいて、とりあえず何かをぶつけてみる。それに対する反応を見ることで中身を推測していくわけです。

そういうやり方でわかってきたのは、そうですね。

・妻は、セルフイメージとして「かわいい奥さん像」を提示したい。
・両者のオカルトに対する立場は正反対といっていいくらいに違う。
・妻は作者本人の体験を書いたものが好きらしい。
・やってみた、は好きだけど、やってみよう、は苦手。
・虚構に対する距離感が両者の間で全く違う。
・数理関係のことにはそもそも興味がない。
・知識はとりあえず、漫画やエッセイから得る。
・正解にこだわる。

と、このあたりを確認するために過去の連載を眺め直してみたんですが、僕はわりと書いてますよ。その本を選んだ理由とか、反応から推測されることとか。

この連載は別に、「街で見かけた素敵なオススメ本」を紹介しあったりするものじゃないわけで、相手の気にいる本を選ぶと得点が高いとかでもないです。

こういう本を楽しんでもらえるとうれしいなとか、

この本だとどういう反応をするんだろうとか、

こういうものにも目を通しておいた方がいいんじゃないかとか、

そういった方向性です。同じ本をレビューしあうわけじゃないし、この本はどう読むのが正しいでしょう、ふふふん、みたいなクイズでもないわけです。

本の読み方に正しさなんてないですしね。

読んだ結果、言いたいことができたとして、どうしてそう考えることになったのか、面白くなかったならどこがあわなかったのかっていうことなんじゃないでしょうか。

円城塔は怒っているようだ。

ということで今回の『今夜もノムリエール』ですが、右の、

・作者本人の体験を書いたものが好きらしい。
・知識はとりあえず、漫画やエッセイから得る。

系統です。

ワインをほとんど飲んだこともなかった作者がどんどんワインにはまりこみ、山梨（ワイン産地）に移住するまでになっていく様子を描きます。比重としては、はまりこんでいくところが九割、東京から山梨に移住するところが一割、くらいでしょうか。

なんにも知らないでいると、難しい感じのするワインへのとりかかりとして十分な情報が入っています。僕はどちらかというと、移住にまつわる話の方に興味があったので、ここから先の続きを描いて欲しいな、と。

こう、ワインっていうと産地や銘柄をひたすら覚えたり、一口飲んで謎の感想を言わなきゃいけないんでしょ、ってイメージがありますが、そん

なことはなくてですね。本書でも繰り返しでてきますが、結局、いいワイン屋さんに巡りあって、ちゃんと話ができるかどうかなんですよね。大事なのは好みや感想の伝え方であって、暗記能力ではない。

どのみち、ワインの銘柄なんて覚えきれるものではないですしね。毎年味が違ったりしますし、生産者が代がわりすると全然別物になったりとまあ、「飲んだ人にきくしかない」。

つまるところ、コミュニケーション能力次第。

今、日本では第何次かのワインブームだそうなので、あちこちでワインを売っているのを見かけますが、そうですね、もっと甘くない泡があるといいのになあとは思います。まだありますよね、昔のワインのイメージ。赤はひたすら渋くて、白や泡はただ甘い、みたいな。すっきりさっぱりした泡を近所で買いたい……。

で、本に戻ると、意外に必要な知識をコンパクトにまとめてくれているワイン本って少ないんですよね。情報が多すぎるってこともあるんでしょうが、よくわからない世界だからでもある。っていうのは、たとえば、ワインの味は空気にさらされると変化しますが、この変化ってよくわからない。なんか美味しくないなーとなってから、また復活したりする。でもこれって、物理や化学的に考えるとちょっと変なところがあるはずで……って、何を言いたいのかというと、食べ物の化学ってまだまだなんだかよくわからないところが多いわけです。

なので、伝承や伝説、思い込みが多くて、どこまでがどこまでだかよくわからなくなったりします。

そのへん、まあ、おいといて、とひととおり説明してくれる本書はありがたいなと思いました(あ、でも最近は、舌の場所によって感じる味が違う説は有力ではないですね)。

ということで、次回へ向けてですが、そうですね。

僕がわかってもらいたいことってわりとはっきりしていて、自分は百科事典型ではなくて、何かの原理原則型だってことですね。知識もそれはもちろん大事ですが、そのまとめ方のほうに主な興味があるわけです。九九の表を覚えるよりも、かけざんの原理を考える、みたいなことです。帰納と演繹を繰り返すのが好きともいいます。

『お医者さんは教えてくれない妊娠・出産の常識ウソ・ホント』や『立体折り紙アート』『本を読むときに何が起きているのか』あたりがそうですね。

そうして、虚構の度合いが高いものが好きだってことです。でもただ虚構の度合いを上げるだけだといまひとつ、そこまでやったことではじめて得られる感覚がある。のではないか、と。

「〆の忍法帖」や「プールの物語」「私が西部にやって来て、そこの住人になったわけ」とか「ビートニク・バイユー」はわりとそっち路線でした。

といったあたりを踏まえてですね……なんにしましょうか……。

百科事典と原理原則が交差する地点としてはやっぱり料理か？　という気になったところで、「いつか、課題本にレシピが選ばれるんじゃないかと冷や冷やしているんですが……」というリクエストもあったので、では、そうですね。うちでもっとも利用頻度の高い本、『野崎洋光　和のおかず決定版』にします。

で、今月の体重ですよ。
76・4キロ。
ほんとに、去年の同時期の水準に戻ってきました……。

夫から『野﨑洋光 和のおかず決定版』
妻への一冊 野﨑洋光

第31回　食の文士

田辺青蛙

課題図書……『野崎洋光　和のおかず決定版』野崎洋光

季節の変わり目だからか、またまた夫が伏せっています。喉が痛いと言いながら咳き込んでおり、とてもつらそうです。食欲はあまりないようで、お粥でも作ろうかと訊くと、首を激しく横に振られてしまいました。弱っている時に私の手料理を食べるのは自殺行為だというのです。

さて、今は料理好きの夫なのですが、出会ったばかりの時はそうではありませんでした。

食べ物は口に入ればいいんだ……みたいな感じで、炭酸飲料とファミレ

『野崎洋光　和のおかず決定版』野崎洋光（世界文化社・2011年）

このパターン多いですね。なんか人間ってあまり変われないものなのかなあ。

スやコンビニ弁当で生きているようなことを言っていた気がしますし、東京在住時の家にあった台所は半分本に埋まっていました。

　そんな夫がどうして季節の食材に敏感になり、料理が上手くなったのか……ということなのですが、それは全てレシピ本のおかげじゃないかなあと思っています。

　一緒に住み始めたばかりの頃、私たちの料理の腕はどっこいどっこいでした。

　野菜炒めとご飯を食べて、まったく違った環境で生まれ育ったにも拘わらず、お互いの味が似ていたのに最初は驚いたもんです。料理に無頓着な人間が近くにあった野菜で適当に作った炒め物の味……に、それほどバリエーションはないのかも知れません。

　しかし、ある日、夫がレシピ本を買って来てから全てが変わりました。夫はレシピに書いてある通りの分量と調理法で、料理を作ったのです。すると、料理のレパートリーが増え、腕がめきめきと上がり、私のような水っぽい野菜炒めを食卓に出すこともなくなりました。

　私も夫のそんな姿を見て、レシピ本を参考に何かを作ろうとしました。

しかし、天邪鬼でズボラで我儘《わがまま》で適当な私は、調味料の量を勝手に変えたり加熱時間をタイマーをかけずに適当にしたり、思いつきでレシピに書かれていない調味料をちょい足ししたりするので、なかなか美味しい料理が出来ません。

でも、そんな作り方であっても、たまあに偶然という名の魔法のおかげで、美味しい料理が出来ることもありました。そんな時に愚かな妻は自分に料理のセンスがあるんじゃないか？　と勘違いをしてしまうのです。

妻の料理の問題点は、味ではなくて、作っている途中で飽きて投げ出すところ。

今回の課題本『野﨑洋光　和のおかず決定版』ですが、朝起きると、夫がよくこの本を眺めながら、今日の晩ご飯を考えている姿を見かけます。夫の本棚には様々な料理のレシピ本があります。それらの本をただ読むだけでなく、実際に作ってみたところ、毎日のおかずとして使い勝手が良い野﨑氏のレシピ本に落ちついたようです。

一時期、小麦のレシピ本にハマっていた時は、炭水化物×炭水化物で面白いように太ることが出来ました。

『ウー・ウェンの北京小麦粉料理』ウー・ウェン。高橋書店。2001年。

ああ、野﨑氏のレシピ本はかなり色んな種類があるのですが、『野﨑さ

んのおいしいかさ増しダイエットレシピ』は本当に痩せるんでお勧めです。私が健康上の理由で痩せないとマズイことになってしまった時に、この本には助けられました。このレシピに書かれている中で、実践するのが一番楽なのは、胡瓜を食べることですね。

頻繁にポリポリ食べると本当に痩せますよ。口寂しさもかなり解消されます。でも、夫がなかなか痩せられない理由は、体調を崩しそうになるとあえて高いカロリーのものを摂取しているからなので、この方法はあまり有効ではないかも知れません。

野崎氏のことは、『池波正太郎の江戸料理を食べる』で知りました。池波正太郎の作品の世界に出て来る料理はどれも美味しそうで、苦手だったり、食わず嫌いだったけれど、小説を読んで食べられるようになった食材や料理も幾つかあります。

そんな池波世界の料理を作れる人がいるだなんて！　と思ったのが、本を手に取ったきっかけだったのですが、私は夫と違いレシピ本を眺めて味をあだこうだとイメージするばかりで野崎氏の料理を作ろうとはしませ

妻が池波料理の話ばかりするので、僕が探して買いました。

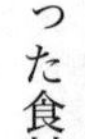

んでした。

そういえば、夫との初デートは上野だったのですが……京都から出て来た私は上野の博物館↓「たいめいけん」でご飯！　池波！　とか考えていたわけですよ。

だけど夫は、博物館の展示物の前を走るように1人で駆け抜けて行き、時々何かしてるなあと思ったらｉＰｈｏｎｅを見ているわけで……「たいめいけん」行かない？　と誘ってみたところ「えー、気が進まないなあ」というような返事で、結局私たち2人は「サイゼリヤ」に行きました。

えーっと、今だから言えるけど、せっかく京都から出て来たのだから、全国チェーン店じゃなくって、東京じゃなきゃ行けない店に行きたかったです。

まあ、今も昔も私の趣味は食べ歩きなんですが、夫は外食には興味がないようです。その辺りの差によって出来る歪《ゆがみ》は未だにあり、私は定期的に外で食べようと誘うのですが、夫は家で自分の好きなものを、自分で作って食べる方がずっと楽しいようです。

このへんの経緯は夫婦の間でかなり記憶が食い違っています。

酔っぱらって帰る心配も要りませんしね。あ、ちなみにデートで、2度目に入った店は「和民」でした。またまた全国チェーン店ですね。東京と京都の和民の味は……同じだったような気がします（違っていたらすみません！）。

野崎氏のレシピはどれも実用的で、作りやすく美味しいです。特別何か変わったものが必要ということもありません。ただ、いつもの料理の調理法を少し変えるだけで、味がぐっと締まったおかずになります。

うちでよく出て来るのは豚肉の生姜焼きや、トマトとオクラのおろし和えに、親子丼で、どれも私の大好物です。

何度食べてもむむっ！　と唸ってしまう程美味しく、野崎氏が出ている「池波正太郎の江戸料理帳」も好きな番組でよく見ています。

出汁の取り方や包丁使い等の、基本的なことまで載っていて、世の中には載っている料理は美味しそうなのだけれど、いまいち作り方が謎なレシピ本もあるのですが、この本は違います。

さあ、そんなわけで夫が弱っている今だからこそ、ここに載っている料

このへんの記憶も夫婦によって食い違っています。

この本を纏める対談時に発覚したのですが、夫の認識ではこの時はまだ私とは付き合っていないつもりだったらしい（だからデートじゃなかったってことでしょうか？）。

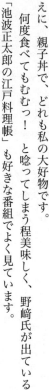

理をパパッと作って出してあげたいのですが、実は私も負けず劣らず弱っているので、買い物にすらなかなか行けない状況です。

そう、つまり。家の中には誰も元気な人がいないのです。

でも私は、多分あと数日間寝れば元気になれそうな気がしています。

次回はここに載っているレシピの中から料理を選んで、夫に振る舞ってみようと思います。ー……。


えっと、では次は何にしましょうかね。

夫が最近カメラに凝っているようなんで、写真が綺麗な絵本にしましょうか。

小さい頃、読んで猛烈なトラウマを食らった『なおみ』[※37]にしようかなと思ったんですが、人形は怖いから他のにしましょう。

ってなわけで、次の課題本は『ミッケ！　いつまでもあそべるかくれんぼ絵本　I SPY 1』ジーン・マルゾーロです！

ワイン関連の本は前回のとは別に色々と勧めたいのがあるんですが、ま

※37『なおみ』……谷川俊太郎著、沢渡朔写真。福音館書店。2007年。

あその辺りの話もまたの機会に……私は夫と違って夏休みの宿題は8月31日にやるタイプです。

妻から夫への一冊　『ミッケ！』ジーン・マルゾーロ

第32回　見えてないもの見えるもの

円城 塔

課題図書……『ミッケ！』ジーン・マルゾーロ

そうですね。結婚して自分が一番変わったことはなにかというと、人間っぽくなったこと、かも知れません。

ごはんも色々食べるようになりました。これは結婚というか一緒に暮らしている効果といってもよいです。というのは、やっぱり一人でいると、コンビニの弁当でいいや、とすぐなるわけで、自分一人用にご飯を炊いたり料理をするのは面倒くさい。

その点、はたから見ている分に、妻はあんまり変わらないみたいで、僕

『ミッケ！　いつまでもあそべるかくれんぼ絵本I SPY 1』ジーン・マルゾーロ（小学館・1992年）

が晩ご飯を作っている向こうで漫画を読みながら、「今日どっか食べに行かない」とか言い出し……あれ、そういえば最近はそういうの、聞かなくなりましたね。相互理解の結果と言えそうです。
　まあたまに、夕方17：00くらいに、「今日、晩ご飯どうする」とか言い出したりしますけどね。

　相互の記憶が食い違うのは当たり前のことなので、面白おかしくなっていればそれでいいのですが、前回の妻のパートの、「東京在住時の（僕の）家にあった台所は半分本に埋まっていました」のところはよくないですね。僕は部屋はメチャクチャでも本は大事にする方なので、台所には置きません。汚れるから。人間こういう無意識的なところで素が出るものです。
　僕から眺めている妻は、日頃からつかなくてもいいようなちっちゃな嘘をこまめに振りまいては片っ端から忘れていく生き物で、設定に一貫性がありません。勢い重視。締め切りに追われる週刊連載を見ているような感動があります。その場だけの辻褄が回転していることもあります。

たいてい、昼過ぎには買い出しは終わっている。

17：00くらいはあまり家にいないことが多いと思うのですが……？

話を面白くしたり、短くするためにそうしているのかなと思っていたのですが、必ずしもそうではないようです。自分のついた嘘にひっかかってからまって、身動きがとれなくなったりもしているので、生存に有利というわけでもなさそうです。生まれついてのものなのか習い性なのか。

でも考えてみれば、赤ん坊は適当に話しはじめるわけで、最初から理路整然としていたら怖い。子供のつくるお話は展開がよくわからないし、落ちもなんだか不明です。設定はゆらぎまくって矛盾なんて気にしない。あれ。なんだか妻が子供みたいだって言ってる風になってきましたが、そういうことを言いたいわけではなくてですね、人間ってみんないい加減で、自分のことだからしっかりしていると思えるけれど、外から見れば似たりよったりなんだろうなあ、ってことです。

僕はこの頃、自分の会話能力にだいぶん自信がなくなってきていて、同じことを繰り返し喋っているのではないかという不安によく襲われています。酔っぱらうとそうなるのは知っているのですが、この頃、酔ってないときでもそうなっているような気がしてきました。

よくいますね。同じところをループしているおじいちゃん。他人の話は聞かないし、自分の話も覚えていない。

まあ、日常会話でそこまでいっているとも思わないのですが、この連載もももうけっこう長いわけなので、何度も同じことを書いているのではないか……という気分にもなろうってものです。

さて、今回の課題図書は、『ミッケ！』です。『ミッケ！』はシリーズものですが、その中の「いつまでもあそべるかくれんぼ絵本」がきました。〝I SPY〟は『ミッケ！』という訳の原文に対応するはずです。これは大型本ですが、色んなサイズがあるので、用途に合わせてどうぞ。

その名のとおり、見つける系で、ページには雑貨がばらまかれていたり並んでいたり、その中から指定されたものを見つけます。①ウォーリーみたいといえばそうですが、自由度はこちらの方が高いです。

ウォーリーはあくまで雑踏に紛れている人で、ウォーリー型の人形だったり、進撃の巨大ウォーリーだったりはしません。その点、この『ミッケ！』の方は、たとえば「かえる」と指定されていたとして、その「かえる」が絵に描かれているのか人形なのかぬいぐるみなのか彫刻なのかはわ

―実際、書いてますね。

①大ブームを巻き起こした『ウォーリーをさがせ！』。白地に赤いボーダー姿にメガネをかけたウォーリーを画面の中に探す。この時期、痩せ型でボーダーを着ている人は、ウォーリー？ときかれた。

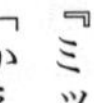

かりません。

そうしてさらに、「かえる」の次に「へび」を探すことになっていたとして、この「へび」もまた、絵なのかオモチャなのかはわからない。でも、「かえる」を見つけたあとで「へび」を探せと言われるとつい、「かえる」よりも大きなものを探してしまったりします。そうすると、指輪に刻まれた蛇模様なんていうのはとても見つけにくくなる。

このへん、人間が前提としている知識のせいです。日常生活を送るのに便利なようにできているせいで、こういう場面で戸惑うことがままあります。

ウォーリーは多分、ページを定規か何かで押さえて少しずつずらしながら探していけば、機械的に探索できるような気がします。ローラー作戦で犯人を探す、みたいなものです。その場にいる人間を全員集めてきたら、犯人はその中に必ずいる！　みたいな。

でも、『ミッケ！』の方では、まず「その場にいる人」を全員集められるかがちょっと怪しい。だって、それはポスターの中の人かも知れないし、人型をした何かかも知れないからです。気がつかないと見つけられない。

ウォーリーを探すＡＩよりも、『ミッケ！』で何かを見つけるＡＩの方が高等って感じがします。いや、でも『ミッケ！』で何かを見つけたときの、やったぜ！　感というものがなく、淡々と正解を指摘してくるものこそＡＩって気もしますね。ＡＩには無意識がない、あなたは地獄へ行きなさい、みたいな。

というところで、楽しんだのですが、やっぱりこういう風に考えてしまうなあと、自分には純粋さがちょっと足りないような気もします。でも子供の頃からそんな純粋さは持ち合わせていなかったような気もします。あと、あれですね。僕はこういう小さなものがざざーっと並んでいるものを見ると、ちょっと気持ちがざわざわします。整理したいとか、イライラするとかではなくてですね、把握しきれないものがそこにある、という感覚がきて、ものすごく軽度のものではありますが、パニックみたいなものを感じたりします。

さて、次回ですが、うん、なんていうかこう、思ったんですが、こうじゃないですか。

『夜中に犬に起こった奇妙な事件』でどうでしょう。最近、ハヤカワepi文庫になって手に入れやすくなりました。

っていうところで最後に体重ですが、76・3キロ。去年の5月は76・2キロでした。

これはなんていうかもう驚くべき結果で、ダイエット企画としては、この一年はなかったことに、みたいな感じです。それとも（気持ち）ダイエットをしていなければもっともっと体重が増えていたかも、という話です。怖い。

夫から
妻への一冊

『夜中に犬に起こった奇妙な事件』
マーク・ハッドン

第33回　よく分からない日々

田辺青蛙

課題図書……『夜中に犬に起こった奇妙な事件』マーク・ハッドン

台所の本の記述は記憶違いだったようですが、夫のかつて住んでいたアパートは本が無数に横積みにされており、ちょっと動くとドサドサッとピタゴラスイッチのように連鎖して本の塔が倒れていました。私が普段手に取らないような種類の本が多くあり、時々積まれた本の山々を見ていると夫の頭の中にいるような奇妙な気持ちになったものです。

夫がかつて住んでいたアパートは、私から見ると都会なんじゃないかなあ？　という場所にあったのですが、所謂《いわゆる》下町みたいな風情もあり、近所に謎めいた店も多く、結婚したばかりの頃は大阪から東京への通い婚だっ

『夜中に犬に起こった奇妙な事件』マーク・ハッドン（ハヤカワepi文庫・2016年）

たこともあり、一緒に住んでいたのは、物凄く短い期間でしたが楽しかったです。

　アパートは奥まった路地の途中にあり、裏には井戸がありました。その近くには、狙っているのか、いつも砂嵐しか映し出されていないTVが置いてあるだけの何が売られているのかよく分からない雑貨屋さんや、コーヒーとパワーストーンが売りの喫茶店がありました。アパートの住人はとても静かな人が多く、物音ひとつ聞いたことがありません。階段を上がったり、普通に生活すると聞こえる筈の音も耳にしなかったので、少々それが不思議でした。

　アパートの部屋はいつも、外から見ると明かりが灯っているのですが、住人の姿を見ることは稀でした。

　さて前回、料理するよ！　と予告していましたが生活が色々と行き違ってしまいまして、まだ実現していません。一度料理は家でしたことはしたんですが……すみません。レシピを見ないで作ってしまいました（ダメじゃん！）。

—本当にすみません。

その時の献立はこんな感じです。

冷や汁、鯵の干物、ご飯、ベビーリーフとトマトのサラダ。

夫が体重を気にしているということもあり、サラダにはドレッシングを使わず塩と胡椒と檸檬で味付けしました。冷や汁は胡麻を多めに擂《す》るのが私好みの味だったりします。

また仕事の関係でこの原稿を書いている数日後にまた海外に行く予定です。

私は非常に不器用な人間なので、会社の仕事とそれほど多くない文章を書く仕事が上手く両立出来ておらずよく悩んでいます。

漫画家と違い、小説家のほとんどが兼業作家なので、他の人のようにもっと上手く時間を有効に使えるといいんですけどね。

さて、今回の課題図書に行きましょう！

『夜中に犬に起こった奇妙な事件』マーク・ハッドン、小尾芙佐訳（ハヤカワepi文庫）

今回の課題図書、何故か物凄く読み進めるのに時間がかかってしまいました。

素晴らしい翻訳による、読みやすい文体で、展開も予想がつかない流れで、わくわくしながらページを捲っていたのですが、どうして読み終えるのにこんなにかかってしまったのか、自分でも分かりません。途中に現れる物理や数学の問題のような文章や図や数式のせいかも知れません……が、ただたんに夫の次は私が体調を崩していたからかも知れません。

あらすじ。

数学や物理の能力は際立ってあるのだけれど、人の感情を察したり、物事の状況を判断したりすることや、人との付き合いが苦手な15歳の少年クリストファー。

彼はある日近所で、犬の死体を発見してしまう。シャーロック・ホームズ好きな彼はシボーン先生からのアドバイスもあり、持ち前の物理や数学の知識や記憶力を駆使して犬を殺した犯人を捜し出す過程を記録していく

この連載期間中はよく体調を崩してました。この連載だけ読んでいるとどんだけ病弱な夫婦なんだろうって感じですね。

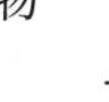

ことに決めた。

そして、犬が殺された事件の真相へと迫っていくのだが……。

所謂一般的なミステリとは違う内容で、そういうものを期待して読むと、予想は裏切られてしまいます。筆者のマーク・ハッドン氏は普段は児童文学を書いている作家のようです。彼が何故普通と違った感覚を持った15歳の少年の視点でこの物語を描いたのかは、分かりません。ただ、この本を読んでいると、自分の当たり前だと思っていたことや常識が揺らぎ、自分にはない感覚が目の前に横たわっているような衝撃を味わわされてしまいました。作中の物理や数学的なセンス等も含めて、これは私より夫の方が良いレビューが書けそうです。

実はどこかで書いていたりするんでしょうか？

そういえば、夫が見ているこの世界は私と同じなのだろうかとたまに思うことがあります。

物理や数学が苦手なので、その手の話題はあえて避けているのですが、四次元とか、多次元とかなんちゃら立方体とか、数式とか……どんな風に考え、そして普段からどう見えているのでしょうか？

四次元の説明を過去何度か受けたような気がするんですが……忘れてしまいました。時間とか空間の話も、ごめんなさい！　よく覚えてないです！

そんなわけで欠陥だらけで、いい加減な脳みその私がそばにいて、夫はよく発狂しないなあと感心しています。四次元立方体の展開図って何！　とかよく疑問に思うんですが、解答は特に求めていないようです。

さて、ミステリで来たのですから、ミステリで返した方がいいのでしょうか？
あまり普段読まないジャンルなのでパッと候補となる作品が思い浮かばないのですが。
うーん、どれにしよう……。
『昆虫探偵　シロコパκ《カッパ》氏の華麗なる推理』[※38]鳥飼否宇（光文社文庫）
と迷ったのですが、

※38　『昆虫探偵　シロコパκ氏の華麗なる推理』……鳥飼否宇による小説。2005年。

『記憶破断者』小林泰三（幻冬舎）を課題図書にします！

妻から
夫への一冊

『記憶破断者』小林泰三

第34回　わたしのことどう思ってる？

円城 塔

課題図書……『記憶破断者』小林泰三

ここまで連載を続けてきて今更ですが、妻がこの連載のコンセプトを理解しているのか、たまにわからなくなりますね。

レビューとしてよい文章を書く競争をしているわけではなくて、それは当然、内容の紹介はするわけですが、いわゆるレビューとは違ったところ、本を選んだ相手のことを考えるというところが主眼なはずなんですが……。

前回の『夜中に犬に起こった奇妙な事件』は、僕なんかが読むとむしろ、「どうしてこれが不思議なのかわからない」本だったりします。主人公の

『記憶破断者』小林泰三（幻冬舎・2015年）

円城塔はキレているようだ。

発想や行動が全然不思議に思えない。というのは言いすぎなんですが、「だいたいこんな感じで周囲を見ている」ところはあります。

これは個人の実感にかかわることなので、そう感じない人には突拍子もないフィクションにしか思えなくて、よくこんなこと思いつくなあってところでしょうか。でも当人たちにとっては切実な感覚なわけです。

ちょっと考えてみると、自分の実感しているものがフィクションとしてしか扱われないというのはおそろしいことで、若年層の貧困を信じることができない人とか、お金以外の価値を認めることができない人とか、本気で怖いです。

そういえば僕は、大学まわりに長くいたのですが、最終的には食い詰めて物書きになりました。最後の年なんかはわりと物質的に飢えていてですね、食い物のうらみは怖い、みたいなことが様々ありました。

それはそれで自業自得っていうものなのでよいのですが、この話をすると、「いまどきの日本でそんなことがあるわけない」と言い出す人がいるわけです。自分の経験だけを絶対と信じて、他人の経験を否定する人っているものです。

『夜中に犬に起こった奇妙な事件』は、読み方によっては、「〝理系〟の人が〝理系〟の知識だけでは人生の問題を解決できないと気がつく話」と読めないこともないので、そう読む人はわりといるかもしれません。でも僕に言わせれば全くそんな話ではなくて、「なぜ不思議だと言われるのかが不思議」である状況を描いた本です。

すんごく当たり前のことですが、なにかの意見がふつうかどうかは、そう思う人の数によります。僕らはたまたま、1足す1は2だと感じる人が多い社会に暮らしていますが、必然性はありません。1足す1が2であるのは変わらなくても、ほとんどの人が1足す1は3だとなんとなく思っている社会はありえます。

これは極端なたとえですが、人間にはそういう奇妙ないい加減さがあるので、「みんながつい間違えてしまう問題」があるわけです。確率をめぐるクイズなんかによくひっかかるのは、僕らが「その問題を間違える人の多い社会」に暮らしているからだとも言えます。

足し算なんかはまだ正解がありそうですからいいですが、世の中には答えのない問題があるなんていうことは哲学者や文学者に教えてもらうまでもなく明らかなので、事態はますます錯綜します。答えのない問題について、みんなそれぞれ勝手な意見を持っていて、自分が多数派だと考えている状況って、おかしくもあり、怖くもあります。

といったところで今回の課題図書の『記憶破断者』ですが、これはここまで書いてきたような意味でもすごいです。なんといっても、数十分しか記憶を維持できない主人公 vs. 他人の記憶を勝手に書き換えることのできる能力者のバトルです。

短編なら勢いで押せるかも知れないテーマですが、長編です。なにがすごいってまずこれを長編にできるところがすさまじいです。与太話として思いついたとしても、その場のネタとして流してしまいそうな話です。それか単独で、記憶を保てない人の話にするか、他人の記憶を操ることができる人の話にする、くらいがせいぜいでしょうか。

まずその二人の出会いというのが想像できないですし、何がどうからんでいくのか予想できない。この予想できなさが醍醐味なのであらすじは書きませんが、読んでいる間に、うわ、って声が出たりすると思います。僕は出ました。

と、数十分以上の記憶を保持できなくなる前向性健忘症ですが、これが「ふつう」じゃないのは、そういう人が少ないからです。短期記憶を長期記憶へ受け渡すことができなくなっているので、記憶の長さの程度の問題ではなくて、器質的な問題です。

という点は押さえておくとして、やっぱりここで、「みんながあらゆることをすぐに忘れてしまう社会」を想像することはできるわけです。忘れっぽい人が増えれば、社会全体が忘れっぽくなるのは当然です。

その社会の中で、「みんな忘れっぽくなってるよ！」と気がつくことはできるのか。あるいは、今この社会の中で、「みんな大事なことをたくさん忘れてる！」と気がつくことができるのか、どうでしょう。

僕はこの頃、歳をとってきたおかげで、前よりは少しものがわかるようになったらしく、「みんなもの忘れをしながら暮らしている」という実感を抱くようになったのですが、同時に、自分のもの忘れも激しくなってしまっていて、「ただ単にぼけているだけ」の気もしています。

なので、この『記憶破断者』には切実なところがあるわけですが、妻はなぜこの本を選んだのでしょう。僕が理解している範囲では、妻はこの種の疑問に強い興味を持っているわけでもなさそうで、僕がいっつもこの種のことを考えていることもあんまり気にしていないように思えるわけで……。

僕が気に入りそうな本を選んだ、ってことだと、それって相互理解とは違うのではないかという気になりますが、でも相手の好みの本を選ぶことができるというのは、相手を理解しているとも言えるわけで、それはそれでよいか、という気もしてきました。

ここまで僕が選んできた本を振り返ってみると、そうですね。妻にとっては扱いにくい、苦しい本ばっかりだったような。というところでそうですね。今回は、僕が理解している範囲で妻にも積極的に興味のありそうなところを選んでみます。

『ウナギと人間』ジェイムズ・プロセック、小林正佳訳（築地書館）にします。

といったところで、今月の体重です。

74・1キロ。

この連載はじまって以来の74キロ台にいきなりきました。先月と比べて2・2キロの減。ようやくダイエットと呼んでもよさそうな結果になりました。

……その間一体なにがあったかというと……これはもう、原因ははっきりしているのですが、なかなか書きにくいところがあってですね……。何かのトラブルがあったとか、不幸があったとかじゃないんですが、ええと。

一週間ほど実家に帰省していました。

僕は実家にいると痩せるんですよ。

じゃあそのまま居続ければ60キロ台なんて軽いね！　名づけて「帰省でダイエット」という話なんですが。うん。心にくるので無理です。

夫から
妻への一冊

『ウナギと人間』
ジェイムズ・プロセック

第35回　もうすぐこの連載終わるってよ

田辺青蛙

課題図書……『ウナギと人間』ジェイムズ・プロセック

お互い理解してんだかどうだか、わからないまま続いていた連載ですが、編集担当さんからあと数回で終わりにしませんか？　という連絡が来ました。

ちょうど『愛…しりそめし頃に…』[※39]の満賀道雄に編集者が打ち切りを宣告するシーンを読んだ直後だったので、何かちょっとタイムリーな感じがしましたね。

まあ、マイナーな作家夫婦のよく分からない連載ということで、幻冬舎さんも扱いに困ったのかなあ、ふふふっなんて思ってたんですが、そろそ

『ウナギと人間』ジェイムズ・プロセック（築地書館・2016年）

※39　『愛…しりそめし頃に…』……藤子不二雄Ⓐによる漫画。小学館。1989〜2013年。

ろ一冊になりそうなボリュームなので、この辺で一区切りにしませんか？　ということらしいです。

しかし、本になったところで、手に取ってくれる人がいるのでしょうか……サービスとして円城塔を脱がしてグラビア付録でも付けるのはどうだろう……股間には薔薇の花をコラージュして……ああ、そうだ課題図書に『薔薇刑』はどうだろう……ってネット古書店で見たらすごい値段が！　くそう！　持ってたのに手放すんじゃなかったあああ！

ってな感じでスタートしました連載ですが、あとそれぞれ今回を含めて3回分の連載で終了の予定です。

もっと続けて欲しい！　もっと読みたい！　という方がいれば幻冬舎までお便りを送ってください。

さて、今回の課題図書は『ウナギと人間』ジェイムズ・プロセックです。摩訶不思議な生物ウナギに関するこの本は、その産卵場所や生態について謎だらけのウナギを追って著者が様々な国を旅する内容です。

ニュージーランドのウナギやポリネシアの伝承の中のウナギについての

エピソードは、かつて私が住んでいた地域が出てきたこともあって、読んでいると、懐かしく感じました。マオリ語の単語がそのままカタカナで音に置き換えられて記されているところも良かったです。

ニュージーランドの湖や川には腕や足くらいの太さのウナギがにょろにょろと泳いでおり、それらを現地の人は飴色の燻製にして食べていました。黒砂糖の甘味の利いた味で、コッペパンに挟んでよく食べたものです。

しかし、ウナギが川や池の外に出て移動出来たり、池から出てガツガツとドッグフードを食べたり、垂直の壁を登れる能力がある等、この本で初めて知りました。特に池から顔を出してドッグフードを食べるウナギの図はええっ！　って感じで見応えがありますよ。

著者はこの本を完成させるまで、11年を要したということです。

バミューダ・トライアングルでのウナギの産卵の謎、食べすぎちゃってウナギが絶滅の危機に瀕しているのは日本だけの話なんじゃないんだなあってことが分かる台湾のエピソードや、日本人によるウナギ市場の価格の変動、ウナギの研究者やウナギハンター達の話と、どの章も面白く、夫が予想した通り、私好みの一冊でした。

そして、何と言いますか……絶滅危惧種と知っていても読んでいるとウナギが食べたくなってしまいましたね。

夫とウナギに関する思い出なんですが、以前某機内誌の記事で、S県のウナギしゃぶしゃぶを出すお店を知りました。

その機内誌の文章が素晴らしく、読んだ途端この店に行きたい！　ウナギしゃぶしゃぶを食べてみたい！　という気持ちで一杯になってしまい、ウナギのしゃぶしゃぶを食べる為だけにS県に行きました。数年前までは、食べ物なんて何でもいいよ、栄養になれば一緒でしょ状態だった夫も思えば変わったものです。

2人して、ウナしゃぶ！　ウナしゃぶ！　と呟きながらS県のお店に開店と同時に入りました。

で、実際に食べたウナギのしゃぶしゃぶは、もう白い身がほろほろで、皮と身の間の脂が甘くて堪んないほど美味しかったです！

死ぬまでにもう一度食べてみたいですね。

さて、私の分の連載は残り2回……そろそろ纏めに入らないといけません。

次回の課題本、何にしましょう？

『ウナギと人間』を読んで、見知っている地名が多く出てきたこともあって、ニュージーランドのことが、とても恋しくなりました。そんなわけで、ニュージーランドに関する本を調べたのですが、ピンとくるものがなく、今回の課題本の中に出てくるニュージーランドを舞台にした作品の[※40]「ワンス・ウォリアーズ」や[※41]「ウェールライダー」は小説版がどうやら日本国内では出版されていない様子（英語版は存在します）。

ニュージーランドを舞台とした作品で[※42]「ピアノ・レッスン」（原題ザ・ピアノ）は小説版があるようですが、絶版で手に入り難《にく》そうです……。

この映画が撮影されたピハ海岸[①]は思い出深い場所で、何度も通い、何をするわけでもなく、ぼけーっといつの季節に行っても冬の日本海のように荒れ狂っている波を見ていました。物凄く危険な海岸なのですが、命知ら

こういう私みたいな人間がいるから絶滅の危機に瀕してるわけですよね。ごめんなさい!! でも、大好物ですが滅多に食べないです。許して！

※40 「ワンス・ウォリアーズ」……1994年製作のニュージーランドの映画。リー・タマホリ監督。

※41 「ウェールライダー」……ニュージーランドの映画。

※42 「ピアノ・レッスン」……1993年製作のフランス、ニュージーランド、オーストラリアによる合作映画。ジェーン・カンピオン監督。

ずのサーファーがおり、波に呑まれて救助隊に助けられている様子をよく目にしたものです。

　ここで気が付いたんですが、ニュージーランド出身の作家やニュージーランドを舞台にした作品はあることはあるのですが、私が今まで触れてきたのは小説でなく、映画の方が多かったようです。

　さて、映画は課題に出来ないんで、どうしましょう。

　うーんと、脳や記憶に関する課題図書を何故選んだのかという話が前回出たので、そういったことに興味を抱くきっかけとなった本にしましょう。

　それにしても夫は以前より忘れっぽくなったらしいですが、何でもかんでもいい加減に適当に覚えている私よりずっと記憶力は良く、知識の幅も広く驚かされてしまうばかりです。

　よく、私みたいないい加減な人間とずっと一緒にいてあんなに細かいことに気が付き、色んなことを覚え続けている夫が苦痛に思わないのかが不思議なんですが、その辺りのことは正直あまり理解したくないので、考えないようにしています。

①いつも薄曇りで、映画の中の風景は特にああいう天気の悪い日を選んだわけじゃなく、ピハはいつ行ってもあんな感じでした。ニュージーランドを舞台にした作品は好きなんで、よく見ています。

夫のことで一番よく分からない点は、何で私と付き合ったり結婚しようと思ったのかということです。

私がもし、円城塔だったら自分と絶対付き合ったりしませんし、それより、色々とですねえ、そりゃあ、悪いことしますよ。

どう悪いことをするかは、具体的に書くと拙《まず》い気がするんで書かないことにしておきます。

妻から夫への一冊　『壊れた脳　生存する知』山田規畝子

第36回　夢見る前に

円城　塔

課題図書……『壊れた脳　生存する知』山田規畝子

こう、だんだんとわかってきたのは、別に夫婦ってお互いに理解しあってなくても平気なのではってことですかね。あらゆることが、ぴぴぴん、とわかりあいすぎるのも、ニュータイプ同士のカットインが入り続けるみたいな感じでうるさいかも知れません。

またなんかやってるなあ……とか、む、まだ布団が温かいから近くにいる、とか、流しに食器が置いてあるから朝ご飯は食べたらしい。ふむ、コーンフレークか、とかいうつきあいの方が平和……なような気もしてきましたがいかがでしょうか。

『壊れた脳　生存する知』山田規畝子（角川書店・2009年）

それでもどこか気のあうところはあった方がよいはずで、うちは割合、食べ物の好みはあいます。お互いけっこうなんでも食べる、という意味ですが。でも妻をよく観察していると、一口食べて「美味しいよ」とは言うものの「その後は決して手をつけない」ものなども多かったりして、実は食の好みもそんなにあってはいないのでは？　という疑いもあります。

あとはなんでしょうね。カップリング論争は噛みあいませんね。妻はBLものとかゲイものとかが大好きでいつもいつもいつもいつもそういう話をしていますが、セクシャリティの話題はもう少し丁寧に扱って欲しい……というのが本音です。いっつも聞いているとお腹いっぱいになる、という意味で。

と、考えてみてもあんまり気のあうところが出てこないわけですが、あれは多分あいますね。「自分が自分じゃなかったらどうしよう」感とか「この自分は誰かが夢見ている自分」感、「この世は夢？」みたいな感覚ですか。

これって意外なことに実感できる人とできない人がいるようで、そもそも文章の意味が分からない、ってこともあるようです。別に「この苦しい現実に消えて欲しい」とかではなくて、「ある日突然土台が失われても不思議はない」と思っているってところでしょうか。板子一枚下は地獄、この自分は海の上に浮かんでいる板の上に置いてある球みたいなものなのでは、っていう。

といったたとえ話はよくわからん、という人でも、今回の課題図書のような話は通じるはずです。

本書は、三度の脳出血により脳の高次機能に損傷を受けた外科医による手記です。一度目の脳出血はまだ軽いものでしたが、二度目で脳の高次機能を損傷、三度目ではさらに左半身に麻痺も生じました。物の立体感はわからなくなり、記憶などもあやしくなります。

ただしこの著者に特徴的なのは、自分が間違えたことや、うまくできていないこと自体は理解ができるところです。なぜできなかったのかはわからなくとも、できなかったということはわかります。ですから、手順を理性的に考えていくことで、それまでできなかったことができるようになったりしますし、感覚も改善されたりします。タイトルの「壊れた脳」の方は、脳出血でダメージを受けた脳、「生存する知」はその中で理性的に活動し、失われた機能を補う働きというところでしょうか。

症状をめぐる描写もさることながら、実際問題としての生活の難しさが前面に押し出されているところが特徴です。脳に損傷を受けた人の手記や、症状を記録した医師や科学者の本はよくありますが、実体験としての生きにくさや、社会的な問題を書いている本は意外に少ないような気がします。

高次機能に損傷を受けたということですと、内容がどこまで信じられるのかという問題も生じるわけで、実際、他の人の手記では、科学を超えたものの方へいってしまったり、その主張はなにかおかしいのでは、という揺れがでてくることも珍しくありません。もともとそういう人だったのか、脳への損傷の結果そうなったのか判断しようがありません。

その点、本書の作者が三度目の脳出血を起こすのは、本書を三章まで書いたところだったといいます。三章までとそのあとで、文章として何か違いがあるかというと、そうですね、特にないように見えます。

「自分は誰かの夢じゃないかしらん」みたいな感覚は、脳出血や脳梗塞で引き起こされる症状と、深刻さでは比べものにならないわけで、思考上の遊びみたいなところもあるわけですが、でもその感覚も脳が生み出すものだよなあと考えると、脳の構造として同じ問題に属しているのでは、と。

　自分の場合、そういう、ふわっとした感覚と、「数を数えているとなんだかよく分からなくなる」感覚と、「ボケたら嫌だなあ」という感覚はひとつながりになっていて、つきつめれば脳の構造だよな、と思っています。本書にも「数を数えているとなんだかよくわからなくなる」感覚はでてきますが、やっぱり脳の高次機能の混線なんだろうなあ、とか。

　小さな頃は、ボケというのは本人もわからなくなってしまうんだから、本人にできることはない、それは困ったことだ、と悩んでいました。今も悩んでいますが。

　一応、方針は二つ考えていて、「日々機械的に暮らしていれば、心が抜けてしまっても機械的に活動できるのではないか」というのと「祈る」ですね。そのくらいしかないよなあと思っていたのですが、本書を読んで、「そこまでいくのも大変だ」と思うようになりました。そういう極限にたどりつくまでには広大な中間領域があり、長期に及ぶこともある、と。

で、自分が自分ではないような不安を、実際に感じることはなくても、相互理解はしていかないと社会的に大変だ、というのはやっぱり、これから先、本書の著者のような例は増えていくはずだからで、どうするんでしょうね。超高齢社会。

本書の著者の場合、三度の脳出血のあとでもある程度の社会復帰を果たすのですが、さてしかし、これは誰にでもできる復帰の仕方ではありません。

日本の富のあらかたは高齢者が持っているという話がよくでてくるようになり、同時に若年層の貧困が語られるようになってきました。年金や生活保護も話題になり、保育園もよく議論に上るわけですが、そうですね。高齢者介護施設も問題になっていくはずです。年金の支給額が下がり続けると、自分で自分の高齢者介護施設の費用を払えない人が増えるはずで、その負担は子供の代にかかってきます。今の四十代あたりから下は、自分の年金で高齢者介護施設代を払えない公算が高いわけで、社会保障の引き

①ボルヘスの「記憶の人、フネス」の元ネタともなったといわれる、ロシアの心理学者、アレクサンドル・ルリヤによる忘れられない男の記録。

②身の回りに起こったことを忘れられない超記憶症候群（ハイパーレクシア）の作者自身による記録。

※43 『脳はすごい ある人工知能研究者の脳損傷体験記』……クラーク・エリオット著、高橋洋訳。青土社。2015年。

※44 『脳はいかに治

下げをすすめていくと、自分たちが高齢者になったときに下の世代の世話にならざるをえなくなり、すんごく嫌われたりすることになると思うのですが、どうなんでしょう。

で、次回ですが、そうですね。[①]『偉大な記憶力の物語　ある記憶術者の精神生活』とか[②]『忘れられない脳　記憶の檻に閉じ込められた私』とか[※43]『脳はすごい　ある人工知能研究者の脳損傷体験記』とか[※44]『脳はいかに治癒をもたらすか　神経可塑性研究の最前線』とかにしようかとも思ったんですが、あと三回で一応の（単行本用の）まとまりをつけなくてはいけないようなので——うーん。自分の理数方面の性質も、もうちったあ知っておいて欲しいところではあるわけですが——以前の『立体折り紙アート』と『夜中に犬に起こった奇妙な事件』はいまいちそのポイントにはヒットしなかったようなので、いっそ[③]『数論の3つの真珠』とか[④]『Kac統計的独立性』、というのは思いとどまってですね。ええと……『連分数のふしぎ』木村俊一（ブルーバックス）でどうでしょう。いや、なんだかわかんないだろうことはわかってるけど、なんかこう、わからなさ具合がある、

癒をもたらすか　神経可塑性研究の最前線』……ノーマン・ドイジ著、高橋洋訳。紀伊國屋書店。2016年。

③初等的な数学のみを用いて、数論の問題を証明していく。簡単な手段だけで押すことが必ずしも理解しやすいわけではないという例をも与える。

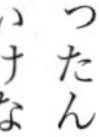

④原子の運動には時間の向きは関係ないのに、現実には時間の方向が存在する理由を問う、いわゆる「ボルツマンの夢」をめぐる名著。名著すぎて賢すぎる子供の進路をねじまげたりすることで有名。

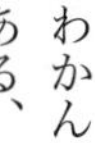

はず。

といったところで今月の体重ですが……ええと、大阪は急に暑くなってですね。食生活がひどく乱れました。ので……あれ、74・3ですね。やや増え。去年の水準から見ると、そうですね。一年かけて、1キロ減ったということにしてよい、のかも知れません。

夫から妻への一冊 『連分数のふしぎ』木村俊一

第37回　連載が終わるのって寂しい

田辺青蛙

課題図書……『連分数のふしぎ』木村俊一

夫は北国で生まれ育ったせいか、暑さにめっぽう弱く、夏の時期は弱っています。

大阪や京都の湿度の高い夏は特に苦手なようで、ゔあ〜とゾンビのような呻き声をあげながら、虚ろな目で日々を過ごしています。

「あたしがスタミナ料理でも作ってあげよっか」と言うと、夫は物凄く激しく首を横に振って拒否します。

そんなわけで、未だに夫に手料理は振る舞えていません。これは決して、私が料理を拒否しているとか、面倒がっているということではないので、

『連分数のふしぎ』木村俊一（ブルーバックス・2012年）

このパターン、多すぎないか。

誤解しないでくださいね。

今回の課題本は、『連分数のふしぎ』木村俊一（ブルーバックス）です。恐れていたんですが、とうとう数学関係の課題が来てしまいました。このままだと、最終回は物理の本になってしまうんじゃないかと、ビクビクしています。

どうも、数学や物理に対しては強い苦手意識を持っているんで、今回の課題本は夫の勧めが無ければ手に取ることは無かったと思います。

帯には「連分数の美しさに秘められた数の姿」とありました。

過去に一度だけ、数学者にお会いしたことがあるんですが、ずっと数式を考え続けていることが幸せというような感じの話を4時間ばかり聞かされたことがあります。

さて、私は数字を見るだけで何だか、憂鬱な気持ちになってくるタイプなんですが、課題本なので読み進めることにしましょう……。

1／2＋1／3はなぜ2／5にならないのか？

このパターンも多いですね。

分数で割り算するときに、ひっくり返して掛ければよいのはなぜ？分数は小学校の数学で最大級の難関だ。その困難を乗り越えて無事大人になった人でも、子供にあらためて「なぜ？」と問われるととまどうのではあるまいか？

しかしこの本は分数の足し算や割り算を説明しようというものではない。

（略）

『分数ができない大学生』なんて題の本があって、大学生が小学校の算数もできないという意味だと思うのだが、分数に対して失礼な話だ。

（略）

そう、テーマは「分数の底力」だ。

本書では、分数は分数でも、分母にどんどん分数が連なっていく、連分数というものを主に扱うことになる。

イントロダクションを読むと、分数の計算が出来なかった、小学生時代の苦い思い出が蘇って来ました。夫はどうやら成績が優秀な生徒だったらしく、勉強は苦労しなくってても割となんとかなっちゃったタイプみたいですが、私は違いました。

もうすぐ小学校は夏休みに入る時期ですね。私は毎回通知表を受け取ることを想像しただけで、ゲンナリしたものです。

色々と嫌な思い出がもやもやと出て来たこともあり、憂鬱な気持ちで、未だに九九の7の段があやしいような自分でもこの本を読んでいいんだろうかと思いながらページを捲り、今まで一度も聞いたことのない単語「連分数」について知ることになりました。この本は数学の達人相手の本ではなく、数の魅力について知りたい人や、連分数って何だろう？　ちょっとそれを使って数の正体を見極めてやろうという人向けに書かれているようです。

中学生レベルの数学の問題が解ける人なら、電卓片手に本書に載っている問題を解いていくことが出来るようなのですが……1問試しにやってみましたが、自分の脳みそがゾンビみたいに腐っているのか、ただ単に私がアホだからか、根気がないからか、分からないのですが、えーっと解いている途中でギブアップしてしまいました。

この調子で問題を解きながら読み進めていくと、締め切り日までに原稿は到底仕上がりそうにないんで……問題部分については、数字がいっぱいだあとか、へえ、こんな図形になるんだあってことで、読み飛ばすことにします。それにしても、この本でフィボナッチ数列とか、チャンパーノウン数なんて言葉があることを初めて知りました。

(基本編の、連分数を使った数当ては何とかなりました！　解けると物凄い達成感がありますよ)

この本は、数学の問題だけでなく面白いエピソードもふんだんに載っていたので、数式なんて見たくもないっていうような私でも面白く読むことが出来ました。

例えば黄金比について「縦横の比が1：黄金比、となるような長方形が最も美しい」古代ギリシアのパルテノン神殿がこの比で建てられたのがその後の建築のお手本になったという有名なエピソードが実は迷信だったとか（本書によると、黄金比という言葉が初めて使われたのは19世紀のドイツで、古代ギリシアでは「中外比」という名前で呼ばれていたということです）。

対数の発明で知られるジョン・ネイピア氏は『ヨハネの黙示録についての明白な発見』という本でカトリックの法王が悪魔であることを数学的に証明したことや、①マハーラノービスの問題に関するエピソード等でも有名。著者は現在大学の先生をしているようですが、こういう数学に関する面白いこぼれ話やエピソードだけの講演会があれば聞いてみたいですね。

この手の専門書は取っつきにくくて問題の羅列だけのこともあるけれど、こういう喩え話を交えて面白く説明されると、苦手な問題もちょっと解いてみようかな？　と思えるから不思議です。

そして今気が付いたんですが、私はやはり人物の面白エピソードを読んだり、知ったりするのが好きなようです。

さて、連載も残り2回……。書籍化についての「おまけ」案等、もしありましたらツイッターのアカウントで教えてください。

①自然数が1からNまで大きさ順に並んでいるとき、自分より小さい自然数の和と、自分より大きい自然数の和が同じになるNとその数字の組み合わせを求める。ただし、Nは50以上1500以下とする。

結局ひとつも案は寄せられませんでした。残念。

田辺青蛙（ツイッター）
https://twitter.com/Seia_Tanabe

円城塔に白衣＋眼鏡＋ネクタイ姿で、ネクタイ外して美青年の両手を縛って「これからおしおきだ」と言っているところを撮影して載せてみるとか、おまけ案としてどうでしょうか？

そういえば、うちは結婚パーティの時に「塔さん」と「父さん」をかけたネタをやりたいが為に私が『エヴァンゲリオン』の碇シンジ、円城塔が碇ゲンドウのコスプレをしたということがありました。

お互いの料理を載せる、書き下ろしの掌編、お互いの印象をぶっちゃけあう……何か案があればよろしくお願いします。

さあ、では課題本の話題に移りましょう。

私の野望の1つに夫を関西人に改造するというのがあります。

そんなわけで、次回の課題本は『西方冗土　カンサイ帝国の栄光と衰退』中島らもにします！

この時『大阪呑気大事典』も候補として考えていたのですが、どこにも在庫がなく、中古書籍も5万円超え!?の価格がついていたので断念しました。そのあと中古価格も値下がりしましたが、あの時なにか空前の大阪関連本ブームでもあったんでしょうか？

それと誰か『大阪人』に連載していた田中啓文さんの連載を書籍化してください。
頼んます！
さあ、スタミナ料理でも作りますか。

妻から夫への一冊　『西方冗土』中島らも

第38回　西方の人へ

円城 塔

課題図書……『西方冗土』中島らも

2016年6月20日の記事（第35回）で、田辺青蛙さんはこう書きました。

「しかし、本になったところで、手に取ってくれる人がいるのでしょうか……サービスとして円城塔を脱がしてグラビア付録でも付けるのはどうだろう……股間には薔薇の花をコフージュして……ああ、そうだ課題図書に『薔薇刑』はどうだろう……」

『西方冗土　カンサイ帝国の栄光と衰退』中島らも（集英社文庫・1994年）

円城塔はキレているようだ。

２０１６年７月５日の記事（第36回）で、円城塔さんはこう書きました。

「セクシャリティの話題はもう少し丁寧に扱って欲しい……というのが本音です」

２０１６年７月20日の記事（第37回）で、田辺青蛙さんはこう書きました。

「円城塔に白衣＋眼鏡＋ネクタイ姿で、ネクタイ外して美青年の両手を縛って『これからおしおきだ』と言っているところを撮影して載せてみるとか、おまけ案としてどうでしょうか？」

……ま、相互理解って何かな、っていう。

—円城塔はなにかを諦めたようだ。

とりあえず書籍化を目指して、僕の分があと二回、妻の分があと一回ということになったので、これまでの連載を読み返してみることにしました。

不安だったのは、なによりもまず、

・何度も同じことを言っているのではないか。

というところだったのですが、

・予想よりひどくなかった。

といったところで、年齢のわりによく頑張った、みたいな感慨がないこともないです。ただ妻が毎度「こんないい加減な自分と一緒にいて夫はつらくないのか」という意味の問いかけを続けているところはなにか、胸にくるところが……ない、かな……。

共同生活における僕の求めるものって単純で、「共同スペースはきれいに使って欲しい」とか「予定は覚えておいて欲しい」とかそういう類です。

第12回でお願いしたのはこうですね。

「あちこちの明かりを消して歩いたり、ドアを閉めたり、キャップを閉めたり、自立するしゃもじを横に倒したりしないでいてくれたり、洗った皿は大きさ別に積んでくれるくらいで十分なのですが」

この連載を通じて、このあたりが何か変わったかというと、明かりが消えている頻度と、ドアが閉まっている頻度がやや上がったくらいですか。

わからないのは、同じ規格品の皿が二枚、お椀が二つあったときに、皿、お椀、皿、お椀と重なった立体構造が出現するのは何故なのかとか、自立するしゃもじを横に倒しておくメリット（位置エネルギーの節約？）なのですが、でも、理解はしているわけです。

これは改善されることがない、少なくとも今生では、と。

それで、連載において僕が求めるものは……やっぱりキャッチボール、というのは高望みなのでドッジボールでもいいんですが、現状はそれぞれの手持ちのボールを勝手に壁にぶつけたりしている感じでしょうか。不意に頭の後ろからコツリと当たって、あれ、と思うくらいの。

それでもなんとなく仲がいいのは、お互いに、そういうなんだかよくわからない遊びが好きだからかも、と無理やり理屈をつけてみたり。

といったところで今回の課題図書は中島らもです。亡くなってもう十二年ですか……。

中島らもの著作はけっこう読んでいるはずで、そうですねこの集英社文庫に入っている中だと、『愛をひっかけるための釘』『人体模型の夜』『ガダラの豚』『僕に踏まれた町と僕が踏まれた町』『アマニタ・パンセリナ』『水に似た感情』あたりは既読です。

といった中であえて『西方冗土』か！

やっぱり、読んだ本ってかぶらないものです。

本書の「はじめに」で中島らもはこう書いています。

「関西についてとくに語る、という行為自体が、すでに僕にとってはうさん臭いことなのだ。

家で「バナナのキジーツ」とか夫が呟いている姿を何度か目にしているので、中島らもは好きだと思っていました。

この本の出版をもって、関西論や関西の人、風物に関することは以降、一切書かないことにする」

ということで関西本なのですが、読みすすめるうちに、中島らもは本当にうんざりすることが多かったのではないか、という気分になってきました。故郷へむける裏返しのうんざりとか、笑いのためやポーズとしてのうんざり、教育的配慮を含んだうんざりとかではなくて、ほんとのうんざり。素で読めばそうなるはずなのに、でも、冗談めかしたうんざりとして読まれてしまうことへのうんざり。本当にそれは真面目に考えなけりゃいけないことですよ、と返されるのに、相手の顔が笑っているようなうんざり。

うんざりしていることが理解されないうんざりにさえうんざり、そこへ続く無限のうんざりの極限としてのうんざりへは行かず、あくまでも、理解されないうんざり、にとどまっているところに緊張感みたいなものがあります。どこまでもうんざりしてしまうことができれば、ごろごろ寝ていればよくて、うんざり感さえどうでもよくなるわけですが、中島らもはそのうんざり感をわざわざ分析していくところがあります。そうした視点が笑いを引き起こすわけですが、ちょっと辛そうかも、とつい思ってしまったりです。

僕が関西に住んでいて困るのは、関西の人は奈良や京都の歴史を日本の歴史と思っているけど、他の地方では特にそんなこともないっていうのを知らないところで、「えっ。他の地域では違うの」ってやつですね。どこの地域でもその地域の常識ってものがありますが、その常識が日本の歴史なるものとイコールでダイレクトに結ばれていると、ちょっと、えっ、て感じになります。

たとえば、「台風は北海道方面に去りました」ってこの頃は天気予報でも言わなくなったと（北海道の人にしてみればこれからくるから）思うのですが、「アテルイは田村麻呂によって平安京へ連れてこられました」みたいな文章は特に問題とされないはずです。

でもですよ。アテルイの故地からすれば「アテルイは田村麻呂によって平安京へ連れて行かれた」になるんじゃないのかなあ、と思うわけで、そういう視点のない生活はしんどいわけです。

中島らもは、そういう視点が欠けていることを指摘すると同時に、視点が固定しているのは何も関西だけのことではないという意味で、「うさん臭さ」を見出しています。

「広い視点の欠如」は一般的な現象で、関西特有のものではない。

で、その視点の欠如の仕方に、関西特有のものがありうるのかどうか、というのはかなり厳しい問題設定で、どうも中島らもはその問いに挑戦していたのではないかなあ、と思ったりでした。

というところで、僕からの課題本は今回で一旦区切りとなるわけですが、そうですね。僕はわりと起承転結なりの形が欲しい方なのですが、妻の方は、なんとなく目の前にあったものをエイってつかむスタイルを貫いてきたような気がしますね。その両者をうまく接続するようなもの……。ウラジーミル・ソローキン『ロマン』[①]とか？

いや、あれにしましょう。スタニスワフ・レムの『ソラリス』。ハヤカワ文庫SFに入っている沼野充義訳でひとつ。

妻が過去にデートで「ネーポン」のTシャツを着て来たことや、「ここ中島らもさんが来てた店やってさ」とか言っていることに触れると思いきや、華麗にスルーされたレビュー回となってしまいました。

①端正な田園小説として書かれてきた長編が、突然……。

そして今月の体重ですが、75・2キロ。……こちらも、オチをつけるのは難しい感じに。

夫から
妻への一冊　『ソラリス』スタニスワフ・レム

第39回　理解できないことばかり

田辺青蛙

課題図書……『ソラリス』スタニスワフ・レム

いよいよ、残りあと1回のみとなりましたね。

夫からの最後の課題本は……ＳＦです！

物理や数学本でなくてホッとしました。そして、料理作らなきゃなあと思っているんですが、出張等で、なかなか夫と食事のタイミングが合わず……。いや、別に料理が嫌で避けてるわけじゃあないですよ！

課題本
『ソラリス』スタニスワフ・レム、沼野充義訳

『ソラリス』スタニスワフ・レム、沼野充義訳（ハヤカワ文庫ＳＦ・２０１５年）

夫に振る舞う料理は事前に複数のレシピ本を読んだり、豆腐は〇〇で買うとか細かいルールがあるような気がして、かなりしんどいです。

あらすじ。

赤いゼリー状の海に覆われた、謎多き惑星「ソラリス」。

「ソラリス」は、赤青の2つの太陽の周囲を回っているのだが、計算上ではどう考えても、どちらかの太陽に衝突してしまう。しかし「ソラリス」の大半を占めている赤い海が、軌道を修正しているおかげで安定した軌道を保っており、太陽に衝突しないで済んでいるのだ。ソラリスの赤いゼリー状の海は生きており、思考する生物だったのだ。

多くの研究者が色んな手法を用いて、様々な仮説を立てたが赤い惑星の謎は全く明かされず、糸口すらつかめない状態がもうずっと続いている。

そんな惑星「ソラリス」の宇宙ステーションに、心理学者のケルヴィンが降り立った。そこで、彼は思いがけない出来事に次々と遭遇することになるのだが……。

タイトルの「ソラリス」ってどんな意味なんだろうと調べてみたところ、ラテン語で「太陽」を表す単語だそうです。

20世紀最大級のSF作品とも評されている『ソラリス』ですが、実は映画も見ていなければ、本もこの連載で勧められてはじめて手にとりました。

夫はレビューを別に競いあっているわけではないと言っていましたが、相互理解の為に、相手が本を読んでどんな感想を抱くのだろうと想像するのは自然なことではないでしょうか？

予備知識ほぼゼロで読み始めた『ソラリス』は不気味な雰囲気を私が行間から感じとってしまったせいか、それともあれは宇宙でなく、南極の基地が舞台の作品ですが『遊星からの物体X』を連想してしまったからか、SFではなくホラー小説のような印象を受けてしまいました。

いや、でも考えてみればSFとホラーの定義とか差って何なんでしょうか……私の周りには恒川光太郎さんに、北野勇作さんや、牧野修さんや、小林泰三さん、田中啓文さんに、朱川湊人さん等、SFとホラーを両方書いている人が多いなあ……等と関係ないことがポンポン頭の中に浮かんで来ましたよ。

第27回の課題図書で読んだ、『本を読むときに何が起きているのか』（ピーター・メンデルサンド）にあったように、文章を追いながら人は何を考え、何を感じとるんでしょうか？　ってことを追体験出来るように文章に出来ないかと考えながら今回はレビューにチャレンジしてみたんですけれど、お粗末な私の文章力だと無理っぽそうですね。

さて、未知の惑星「ソラリス」に降り立った主人公のケルヴィンは、ステーションの照明が点いただけでも怯えています。何か不穏な空気とこれからただ事ではない何かが起こるのだろうか？　という不安と期待がないまぜになりながらページを捲ります。

レトロ・フューチャーな雰囲気の漂う宇宙船の中を何かがおかしいと感じながら、進むケルヴィン。

ああ！　何だかじれったい！　そして怖い！

洋服簞笥の内側につけられた細い鏡が、部屋の一部を映し出している。そこに何か動くものがあることを目の片隅で捉え、私は跳び上がるほど驚いたが、自分の姿が鏡に映っているだけだった。

夫が本を読みながらどんな風に考えているか追体験出来るようなレビューをいつか読んでみたいです。

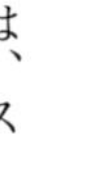

ホラーゲームの「ALIEN：ISOLATION」[※45]をプレイしているような気分にだんだんなってきましたよ。

あのゲームはエイリアンが出てきた時よりも、出てこないで気配だけを感じる時の方が物凄く怖いんですよ。もうね、宇宙船にいるかな？ 出てくるのかな？ と思いながらただ歩きさまよっている間は冷や汗だらだらでして、もうね、こんなに怖いんだから早くエイリアン襲って来ないかなあ～みたいな気持ちにだんだんなってきちゃいまして、ブス！ と尾で刺し貫かれた時なんか、逆にホッとしちゃったりします。

もし、この世にゾンビが溢れ出たりなんかしたら、私はきっともう逃げたりするのが嫌でさっさと諦めて、ゾンビ側に行きますね。ああ、もう痛くない範囲で噛まれたい！ と思いますよ。


さてさて、シャワーを浴びて、ナイフを見つけたおかげか、ステーションの中で少し冷静さを取り戻したケルヴィンは「ソラリス」の歴史と「ソラリス」を覆っている海が一個体の生き物らしいというSF的なギミックについて説明を始めました。

※45 「ALIEN：ISOLATION」……セガゲームスのPlayStation 4、Xbox One用コンピュータゲーム。映画「エイリアン」の世界が題材。欧米版は、2014年、日本語版は2015年に発売された。

作品が、これはホラーではありません。SF作品ですと語りかけてくれているようです。おかげでさっきまで感じていた恐怖心が薄らいできました。

と、思いきやまたもやホラーな展開に。何だよ、油断させておいて、これですか！　全くもう！

宇宙船の中で見つかる自殺死体、何か確実に隠し事をしている同僚。いる筈のない人物の影。何かがおかしいというより、何もかもがおかしいのではないかと思いたくなるような状況の最中、ケルヴィンのもとに生きた海から「お客様」がやって来ました。

お客様の名前は「ハリー」。

死んだ筈のケルヴィンの恋人そっくりで、彼女の記憶や癖まで同じ。ですが、全て何もかもがまるっきり同じというわけではなく、彼女は不死で、ケルヴィンから片時も離れたがりません。

かつて、赤い海に機械を沈めた時に部品をそっくり作り出したことがあったというから、これは「ソラリス」の戯れなのでしょうか？　それとも実験？　贈り物？

答えのないまま、死者と同じ姿かたちの、生きた海から齎《もたら》された人物との奇妙な共同生活を送るケルヴィン。

ふと、ハリーって男性名じゃなかったっけ？　と思って調べてみたら、
ポーランドでは女性名のようでした。
ドミニクが英語だと女性名なのに、フランスだと男性にもある名前みたいなもんでしょうか？
クルーの中に女性が含まれていて、自分の過去の恋人や肉親が現れたとしたら、男性と感じ方は違ったのだろうか……それとも死者との遭遇は、性差によっての対応の変化は現れないのだろうか？　死者そっくりの海からの使者に戸惑うクルーの様子を読みながら、そんな疑問が浮かび上がってきました。

死んだ筈の人がやって来る話は、ホラージャンルでもよくあります。
怪談話でも、死んだ筈の○○が戻って来て……というエピソードは幾つもあり、実際、私自身が怪談を収集している時にもその手の話を聞くこと

「ダーティハリー」や『ハリー・ポッター』のイメージもあって、ハリー＝男性名だと思い込んでいました。なので最初SFなので性別が曖昧な世界なのか、ケルヴィンは同性愛者なのかな？　と考えてしまったり。

があります。

ただ、『ソラリス』が怪談やホラーと違う点は、登場人物達それぞれが専門ジャンルの知識や過去の資料を基に、現在の状況を観測し、比較的冷静に分析しているところでしょうか。

SF作品は読みにくい翻訳ものが多く、ただでさえ専門用語や独特の言い回しがあるというのに、直訳調で、日本語なのに何が書いてあるのかさえ、分からないような作品があります。

『ソラリス』の文章はどこまでも真っ直ぐで、静かで、読みやすく、普段SFを読まず嫌いしていた私でもスッとその世界に入っていくことが出来ました。

ケルヴィンが赤い生きた海から送られて来たハリーとどのような結末を迎えたのか、ハリーが何者だったのかというのは、もしこのレビューを読んで疑問に思った人がいれば本書を読んでみてください。『ソラリス』は電子書籍版も出ています。

ケルヴィンの苦悩、戸惑い、恐怖。その傍らに常にいるかつて自分が愛していた女性と同じ姿の、海からやって来た客人。

夫は何を求めて、この本を課題図書に選んだのでしょう。

この本のテーマの1つが、異類とのコンタクトと理解への試みだからでしょうか？

私も夫も、ハリーのように赤い海から生み出された生物ではないけれど、相手のことがよく分かりません。

例えば、夫のどういったところに私自身、惹かれ始めたのかすら、いまいちよく分かっていません。

何となく、この人とやっていけるんじゃないかと思ったのは、茶屋でくずもちを食べていた時に、夫が真剣な顔で黄な粉の上で黒蜜を繋げて遊んでいるのを見た時でした。

私はよく話題に困ると、作家同士でジャンル毎に分けてチーム戦の「バトル・ロワイアル」をやってみた場合、どうなるかという話をするんですが、まあ正直言って不謹慎な内容なのでそれをどこかに書いたりはしませんでした。

『文豪ストレイドッグス』[※46]がヒットしているので、今なら問題はないかも知れませんが、辻村深月[※47]さんなら「バトル・ロワイアル」をやって中盤まで生き残る、というようなことをどこかで夫が書いていたように覚えています。

まあ、夫が既読なのは知っていますが、個人的には色んな意味で思い出深い一冊『バトル・ロワイアル』を最後の課題本にします。

『バトル・ロワイアル』英語版の翻訳を手がけたNateさんには、数年前のワールドコンの通訳でお世話になりました。

私がホラー小説大賞の公募を学生時代に知ったのは、この小説がきっかけでした。

もし、あの時短編賞を受賞していなかったら、きっと夫とは出会うことはなく、今もおそらく独身だったことでしょう。

夫はそれなりに器用で何でもそつなく熟《こな》し、人付き合いも悪くないので、何となく私がいなくっても誰かと結婚は出来ていたと思うんですよね。でも、私は夫以外の人と結婚した状態をイメージすら出来ないので、他の人では無理なんじゃないかなあと……。

※46　『文豪ストレイドッグス』……朝霧カフカ原作、春河35作画の漫画。『ヤングエース』にて2013年より連載中。
※47　辻村深月……1980年〜。小説家。

と、締まりのないラストになってしまいましたが、次回は円城塔による最終回です!!

妻から夫への一冊

『バトル・ロワイアル』高見広春

第40回　最後の挨拶

円城 塔

課題図書……『バトル・ロワイアル』高見広春

きなこにまみれた黒蜜と、ラーメンスープに浮いた脂はつなげて遊ぶものなのでは。

２０１５年の１月から連載が始まったこの企画も、いよいよ今回で最終回です。

思い返すと、つらいことや悲しいこと、ハラハラすることや落ち込むことがありましたが――ありましたが、なんでしょうね。

妻の一回目を読み返すと、どうして夫婦での仕事を受けるのを嫌がるの

『バトル・ロワイアル』高見広春（幻冬舎文庫・２００２年）

かと不審がっていますが、答えはわりと簡単で、「理不尽な目に遭うに決まっているから」です。こうして一年半以上続けてきて思うのは――、正しいぞ、昔の自分、ということですか。

生じるだろう問題点を早めに抑え込んでおくための「ルール」でしたが、「そもそもルールを気にしない」という戦略に直面し、ルールには「ルールを守ること」という第一条を入れるべきでした。

この連載の間、家庭内では色んなことがあったりなかったりしたわけですが、一番の大きな変化は、一年前と比べて体重がほんのわずかに減ったことかも知れません。今月の体重は74・6キロ。結局ほとんど変わんないじゃん！　という話ですが、この調子でいけば、あと八十年かからずに、一年あたり1キロの体重削減によりこの世から消滅可能です。「○○でダイエット」よりも、「ダイエットで○○」への転進というビジネスチャンスなのかも。「ダイエットで消滅」とか「ダイエットで行く涅槃」とか。

体重の記録をつけていてわかったのは、やっぱり人間、冬は太って夏は痩せるんだなという当たり前といえば当たり前のことで、獣が美味しいのはやっぱり冬直前の秋なんだな、とか。

といったところで妻からの最後の課題ですが、『バトル・ロワイアル』です。

中学三年生のクラスをひとつ丸ごとどこかへ隔離し、最後の一人になるまで殺し合いをさせる政策、「プログラム」。ランダムに支給された武器を手に、手抜きができないように仕組まれたルールのもと、少年少女が生き残りをかけて戦います。

映画化もされ、海外での評価も高く、古典への道を歩み出しているような『バトル・ロワイアル』。『バトルロワイアル』とか『バトル・ロワイヤル』とかタイトルを間違われ続けるのは気の毒な気もしなくもないです。

今でこそ、ああ、バトル・ロワイアルもの、という感じがありますが、当時はやはり新鮮なものがありました。バトル・ロワイアルものと名前になるくらいですしね。ひとつのマイルストーンなのでは。

ルール内バトルものは好きなのですが、たまに読むくらいでもあって、

最終回、実は『死のロングウォーク』とも迷ったのですがキングは『クージョ』があるのでやめました。

うーん、そうですね。がっつりルールに従うものでの驚きは、ルールの中で起こって欲しいという気持ちがあるからかも知れません。

ルールものをつきつめていくと数学になるのかもという感じもあって、数学には、当たり前のことをルールに従って展開していくと、なぜか新しく見えるものが出てくるということが起こります。

いやまあ、チェスとか将棋、碁あたりの、がっつりルールに従うゲームでも感動は生まれてくるってわけで、ゲームを感動生成機械みたいに考えるととても奇妙な気分になるってわけですが。

その点、ルール制限を課された世界を小説で書く——というのは、どうも突き詰めづらいという感覚があります。小説は証明とかではないので当たり前なのですが。

『バトル・ロワイアル』が将棋や碁、あるいは一般的なゲーム理論と異なるのは、まず第一に多対多の戦いであることで、多対多はあれですね。相互の協調関係がありうるので、解析が難しいです。なかなかうまい切り口は未だに見つかっていないのでは。

もちろん、その協調関係の部分は人間ドラマでもあるわけなので、小説はやっぱりそのあたりの扱いが得意です。だからたまに読むのですが、出るたびに追いかけるわけでもない、という距離感でいます。

前回、こちらからの課題本は『ソラリス』でしたが、自分の場合あのくらいの「人間関係」を考えるのがやっとで、『バトル・ロワイアル』級の人間関係は頭に入らないところもあります。妻は『ソラリス』を「不気味」と感じたようですが、こちらはその不気味さを日々暮らしているというところでしょうか。

『ソラリス』では相手が人間なのかどうかを考えなければいけないですが、『バトル・ロワイアル』ではそういうことをいちいち考えている暇はないわけです。考えているような人は死にます。

でも『バトル・ロワイアル』的状況下ではほとんどの人は死ぬわけなので、そういうことを考えていて何が悪いという考え方もできるわけです。自分が最後の一人になれると考えるのはちょっと無理があるような。

生きることなんて召使にまかせておけ、と言ったリラダンはおそろしく貧乏だったそうですが、『バトル・ロワイアル』環境下では、人殺しは召

ヴィリエ・ド・リラダン。エジソンが人造美女ハダリーを作成する『未来のイヴ』で知られる。

使にまかせてしまってもいいかなという感じがしたり。

それぞれに異なる多様な意思が渦巻く世界——といったときに、僕は「異なる」の部分が気になり、妻は「多様な」の方が気になるという感じでしょうか。

この連載を通じて僕は、妻の選書に対して窓越しにソラリスを眺めるような恐怖を感じつづけていたわけですが、あちらへ『バトル・ロワイアル』的多様性を提示できたかというと——わりとできたんじゃないかなあと思うのですが。

連載全体は、予想よりもはるかにまとまらなかった、というのが正直な感想なのですが、これは、まとまらないだろうなあ、という予想を超えたまとまらなさに見舞われたということで、人間って面白いなということなのかも知れません。次元はもう、夫婦を超えて人間ですよ。人間、困ると人類愛とか大きなことを考えて気を紛れさせたりしますね。

結局妻は最後まで、わからないを繰り返していましたが、やっぱり自分は、わからなさが好きなのだなと思うようになりました。こんなにバランバランな感じの夫婦なのに一緒にいるのは、（少なくとも一方は）そのバランバラン加減が好きだからということなのではないでしょうか。

実際僕は結婚してから、興味がそれまで気にしなかった方角へ向いたところがあって、人間皆自分は正しいと思っているわけなので、興味の方向がねじ曲げられるのは苦痛なこともあるわけですが、こうならなければ見えないものはまだまだたくさんあったなあ、と思うわけです。だからやっぱり、素朴なところ、結婚してよかったなあと思っています。

面白いなと感じつつ、変なの、ともつぶやいていますが。

というようにもしかして、我が家は「相互理解が達成されると解散」という家庭なのかもしれません。じゃあ、相互理解をすすめようとする連載なんて危険じゃゃん、という話ですが、ここまでおつきあいいただけた方々にはおわかりいただけているはずです。

まだまだ、全然、大丈夫。

空中分解を続けるような連載におつきあいいただいた方々の忍耐に感謝します。

妻にはそうですね。色々なニュアンスと、軽さや重さを一緒にこめて、よろしく。

——こちらこそ、よろしく！

あとがきにかえて

まずは終わってよかった

円城　読書リレー、どうでした？

田辺　読み返してみると、楽しかったかな。

円城　やってるときは？

田辺　やってるときは、「なんでこの課題本なんだろう」とかばかり考えていた。

円城　意図がわからなかったってこと？　でも、それがテーマだからさ。

田辺　本がイヤだったのもある……。「こんな問題解けるわけないじゃない」「こんなの作れないよ」って。

円城　折り紙のは、薄い、薄い本じゃん。展開図が描いてあるだけだよ。

田辺　一応やってみたんです。そしたら、ぐにゃぐにゃになった紙の塊ができて、かなりイヤになりました。

円城　きみは、実際やってみるタイプだね。展開図見せられると「折らなきゃ」って思うし、数式を見せられると「解かなきゃ」って。僕は読み物としか思わないけどね。きみが「クリアできない、この課題が」みたいな感じで困っていたのは読書観の違いだと思ったな。

田辺　あなたはやってみてどうだった？

円城　僕はわりとつらかった。終わってよかった。

田辺　2週間で課題本を読んで、原稿を書かなきゃいけなかったもんね。

円城　きみは、最初の打ち合わせのときは、1週間でもいいと言ってたよ。

田辺　自分で選んで書くのだったら、それぐらいのペースでいけるけれど、この連載は、予想がつかないから大変だった。

円城　自分が原稿を出した時点で、選んだ本を相手に教えてもいいことにするべきだったんだよね。公開まで秘密だったから、作業時間がますます短くなって。

田辺　うん。やっぱり読み方がわからない本は、普通に読むよりずっと時間がかかる。

円城　そうそう、そうそう。世の中には読み方がわからない本がある。そのことがわかった。自分が好きな本は読み方がわかってるからパーッといけるんだけど、馴染みのないジャンルの本だと、「え？」って思う。読み方がわかる本と、感想の書き方がわかる本と、感想の書き方が全然わかんない本があって、必ずしも一致するとは限らない。

田辺　怪談でも読み方、楽しみ方がわからない人がいて、「え、さっきので終わりなの？　オチは？　○○さんはどうなったの？」とか、「解説は？」みたいな話になったりする。「意味わかんないけど、なんかオバケが出てきて、なんか人がいなくなって終わっちゃったけど、なんで？」とか。

円城　そういう意味でいうと、ダイエット本が一番書きづらかったね。

田辺　本当？　意外。

円城　何書けばいいんだ？　自分のダイエットもまったく進まないし。この読書リレーで人が変わっていったら体重も変わったと思うんだけど、人が全然変わらなかったから、体重も変わらなかったよ。

読書で夫婦はわかりあえない

円城　それで、実際に離婚を考えたの？

田辺　夢に見たりとか（笑）。まわりからは随分心配されました。

円城　「ハラハラして連載読んでられない。本当に大丈夫なの？」と聞かれたり。たしかに、読む人が読むと、かなりハラハラ、スリリングだったはず。実際、相互理解は、最後まで成し遂げられなかったから。2年間、お互い一歩も歩み寄らないみたいなまま終わったので、僕はわりとビックリでしたよ。

田辺　あなたはすごい読書家でいっつも本読んでるけど、「それ何、教えてよ、読ませてよ」とか普段からないので、じゃあ、企画でやってみようと思ったのよね。

円城　本読み同士でも、読んできた本は全然かぶらないからね。それは知ってたんだけど、ここまでかぶらないとは。本選びの配慮もないまま終わったからね。僕、最初のほう、わりと配慮してたのに。

田辺　そうだったんだ！

円城　きみが忙しいのを見てたんで、最初は、短編集の中の短編をずっと指定してたの。気づいてくれるかなと思ったんだけど、そんなことはなくて、きみは『クージョ』とかを突っ込んでくる（笑）。ほかの締切りとかでヘロヘロになっているところに、平気で『クージョ』。なかなか新鮮ではありました。

田辺　『クージョ』はわりと早く読めるよ。

円城　でも、すごく厚いんだよ。

田辺　知ってる。読んだことあるから。

円城　この忙しいときにこれかって。だから、僕も気にしないでだんだん大きいのを突っ込むようになったわけ。

田辺　私は、本当は入れたい漫画がいくつもあったんだけど、完結してないシリーズものはダメというルールがあったから、諦めたりしたよ。あっでも『黄昏流星群』は入れてしまってる。

円城　家庭内で、この連載の話をされると僕がつらいから話さないでって言ってたのに、きみはけっこう話してたよね。

田辺　はい、「折り紙作ってくれなかったよねぇ」みたいなことをよく言ってました。

円城　わりと露骨にね。

田辺　私のリクエストや質問は、たいていスルーされたし。

円城　僕は、仕事は仕事、生活は生活って切り分けたいタイプなの。

田辺　結局、お互い自分のいる場所から動かなかったね。

円城　もっと仲良くなるか、仲悪くなるかするはずだったんだけど。

田辺　距離は変わらずとも相手の輪郭はわかったかも。

円城　まあ、棲み分けエリアが明確化されたっていう感じがあるかもしれない。夫婦にはあまりお勧めしない企画です。ほかの人だったら本当に別れてたかもしれない。

田辺　えー、私はほかにも夫婦でやりたい企画があるんだけど。

円城　えー、もう十分だよ。

文庫版あとがき

円城　塔

読書で離婚を考えた、というのはなかなか挑発的なタイトルで、わたしとしては乗り気ではなかった。今も同じ気持ちでいる。

世の中には気がつかないでいる方がよほど幸せという事柄があり、わざわざ言葉にすることで要らぬことに気づいたりする。気づくというか、そこから気持ちが作られていくことがある。もてあそんでいるうちに言葉に振り回されてしまって、手を離すこともできぬまま、崖から転げ落ちていく、ということなども起こる。

離婚とか、気軽に言わない方がよいのじゃあないか、というのがわたしの気持ちで、しかし、共著者はこれくらいにした方がよいのだと言う。なにかの種類の感動を覚えたので、

「このタイトルでゆこう」

「ゆこう」

そういうことになった。

なにかの種類の感動、というのはこうである。この人は本当に、このタイトルをつけることで、日々、ほんのかすかな違和感がゆっくりと成長していって、なにかの拍子に勢いをつけて姿を現す、ということを不安に思っていないのだな、という感動である。その違和感というのは、シンクで水に浸されていない食器であるとか、洗われたままワークトップに置かれたきりの皿であるとか、洗剤で洗われた鉄鍋であるとか、畳まれていないダンボールであるとか、空っぽになったティッシュペーパーの箱であるとか、割れたままの丼であるとか、使用済みのガスのカートリッジであるとか、口をあけたままのファスナー付きのプラスチック袋であるとか、生ゴミ以外は捨てられていないゴミであるとか、コードの上に無造作に置かれた荷物であるとか、携帯電話のすぐ横に置かれるコップであるとか、いつまでも冷蔵庫の中にある飲みかけのペットボトルであるとか、着たままでもぐり込んだせいで穴のあいているシーツであるとか、カバーのついていない枕などから、小さな泡のように湧いてでてくる違和感である。たとえばなにか、そうした細々としたものが積み上がり、生活がある日突然破綻することは珍しくない、とわたしは思う。多くのことは、特に何を原因と指し示すことができないような堆積の結果生じるものではないか。

ここでこうしてタイトルについて書き連ねるのも、その種の違和感を増大させる行為であるから慎むべきであるのだが、やってしまうのはもう、性格というものである。気軽に言わない方がよいものは、真面目に考えるのも危険なのだろうなとは思う。

ともかくもこの人は、そうしたことに対する不安を感じていないのだなあと感心をし、何かの種類の感動を覚えた。信頼関係ということであれば、よほど強いものであろうし、あるいは単に、気にかけていないだけなのか。気にしても仕方がない、なるようになるという話なのか。


共著者のあとがきで触れられているらしいのだが、連載中はエッセイには出てこない色々なことが起こっていた。連載後もそれはもう様々なことが起こり、また起こり続けているのだが、それについて書くときがくるかはわからない。人の生活というのはそういうものではないか。

しかし外から一目見てわかることというのもあって、この数年の間に、とにかく太った。これは疲労をなにかうまいもので埋めあわせようとする行動様式のためでもあるが、つらいとき、ストレスに見舞われたときは食べる、という悪癖が加わったせいもある。我ながらひどく太ってしまったと感じるので、しばらく体重計には乗らずにいたが、さすがにこのあとがきで体重を報告しないのもおかしな話だろうと、意を決した。結果は、

77・2キロ、ということであり、やや拍子抜けの感が否めない。確実に80はあるだろうと感じているので、体重計（幸福度を計測する機械）が壊れている、ということではないか。あるいは必要以上に悲観的な見方が、この数年で身についてしまったということなのかもしれない。

文庫版あとがき

田辺青蛙

この連載を続けている時、こんなに夫婦揃って病気がちで大丈夫なの？　と身近な人に随分と心配された。

これには理由があって、連載当時は明かしていなかったけれど子供の出産と育児が連載中にあったことが原因だ。

慣れない育児による不眠やら、疲れやらもあってよく風邪を引いたし、子供から色んな病気も伝染《うつ》された。

ノロウイルスが我が家に到来した時は、本気でこの世の終わりのような気持ちになったし、連載中の色んなイライラも今思えば出産後のホルモンバランスの影響とやらのせいだったかも知れない。

そんな私によく夫は付き合ってくれたものだなあと思う。

子供が生まれたことを連載中に明かさなかった理由は、我が子が予想していたよりも小さくってとってもか弱く見えて不安だったからだ。

今は幼稚園に元気に通い、ちょっとやそっとのことなら大丈夫という感じだけれど、当時は抱え上げることさえ、恐る恐るだった。

ある程度の年齢になるまで、何があるか分からず一日、一日が精いっぱいで文字に記すのが怖かった。


最初、夫と出会った時、神経質そうなSF系の眼鏡の人くらいの印象しかなかった。

なんとなく共通の知り合いが多かったので、顔を合わせるうちにお互い変な人だなあという認識を持ち、気が付いたら結婚していた。

二人して共有の認識なのだが、付き合っていて相手にときめいた期間というものは全く無かった。

少女漫画のような、手が触れあってきゃっ！　みたいなのを期待していたのだが、そんな体験は一度としてない。

多分それは、夫の方がヒロイン力が高いからだろう。本当に内面が少女のような人なのだ。たとえるなら施川ユウキ『バーナード嬢曰く。』の神林しおりだろうか。でもちょっと天然で赤坂アカ『かぐや様は告らせたい～天才たちの恋愛頭脳戦～』の藤原千花っぽくもある。

私は夫の書いた物はこの連載を除くとほとんど読んだことがない。でも難しいハードSFや純文学作品を書いているということはなんとなく把握している。

そろそろ観念して本性を現して、夫は90年代の少女漫画のような作品を書いてもいいような気もするのだが、どうだろう。

いや、でも以前どこかで本人は恋愛小説家だというようなことを言っていたような気がする。だから何かに書いているのかも知れない。

という感じで、私の思考や言動はいつも纏まりも方向性もなく、おかしい。これに付き合える夫もやはりどこかおかしくってズレているのだろう。

それともどこの夫婦もこんな感じなのだろうか？　未だに色々と分からないことだらけだ。

解　説

花房観音

結婚をしたとき、様々な人から「女の幸せをつかんだね、おめでとう！」「末永くお幸せに！」と祝福されることに違和感があった。

そのとき、私は四〇歳目前で〝そこそこ人生経験を積んでいたので、周りには離婚した人間も多いし、結婚はしているけれど、別れたほうがいいんじゃないのと言いたくなる人たちも、懲りないのか四度、五度と結婚を繰り返している人も、離婚で揉めて泥沼状態の人もいて、まず「結婚＝幸せ」なのかという疑問もあった。

特に「女の幸せ」と言われると、もやもやする。結婚して不自由になる女はたくさんいるし、今の時代、経済力が安定するわけでもないのに。それでも世間の多くの人が、「結婚」

というのはいいものだ！　と信じている事実に戸惑った。

そして「結婚すると、絶対に幸せになれる！　すべてうまくいく！」と、妄信している独身女性に遭遇したり、「結婚に憧れちゃう」とか言われると、困ってしまう。結婚しないほうがいい人や、結婚せずとも幸せな人もいるのに。だいたい、結婚すると自分たちだけではなく、もれなく相手の家族や親戚もついてきて、背負うものが増えてしまうと、わずらわしいことが多々ある。

はたして、結婚とは、そんなに素晴らしいものなのだろうか？

「読書で離婚を考えた。」

衝撃的なタイトルだ。著者は、芥川賞作家の円城塔と、ホラー、怪談を主に描く作家・田辺青蛙。ふたりは二〇一〇年に結婚した。知り合ってから婚姻届を出すまでは半年、東京と大阪の遠距離で、数回しか会っていないと本文中にもある。

「夫のことで一番よく分からない点は、なんで私と付き合ったり結婚しようと思ったのかということです」と、本の中で妻が記しているが、ふたりを昔から知る人たちの証言によると、円城さんの一目惚れらしい。そして現在は二〇二〇年……十周年になるが、たぶん、ふたり仲良くやっている……はずだ。

単行本発売時に、大阪でイベントが開催された際に、おそらく「作家夫婦」だということで、私と夫がゲストで呼ばれ、円城&田辺夫妻と一緒に登壇するという機会があった。物書き同士という共通点だけではなく、今これを書きながら気づいたが、付き合って半年で婚姻届というスピード婚で、婚姻届を出した時期も近いし、結婚してからもしばらく別々に住んでいたというのも同じだ。

ただ、円城&田辺夫妻は小説家同士だったけれど、うちは私が小説家で夫がライター、放送作家というのが違う。そして夫は小説を読まないし、興味が無い。私の場合は、これが本当に助かっている。

本音を言うと、「小説家同士なんて、よくやってるな……」と思っている。もちろん、円城&田辺夫妻だけではなく、小説家夫婦は何組もいるが、個人的には、家にもうひとり小説家がいるのは嫌だ。私ひとりでもめんどくさいのに、もうひとりめんどくさいのがいるとなると、無理だ。あと、家庭内で仕事のことで嫉妬するのも嫌だし、書いたものに口出しされるのも嫌だ。嫌な要素しかない。

だからこそ、この夫婦が、お互いが本を紹介して、相互理解を深めるというテーマのエッセイを連載し、本になったときは興味があった。企画は田辺さんが発案したが、円城さんが乗り気ではなかったのも本文に記されている。もうこの時点で、円城さんの腰が引けているのだが、その状態のままで続いていく。

果たして読書で相互理解は可能なのか。本というのは、普段、意識的に表に出さない、人の頭の中の世界が描かれている。どういう本を選んで読むかというのを人に見られるのは、自分の内面の世界を露わにするので、ときに恥ずかしいことでもある。

以前見た、暴力団を撮ったドキュメンタリー映画で、暴力団事務所の中の本棚が映され、その中に可愛らしい動物の写真集があった。ヤクザも癒されたいのだ、意外な内面が露になった。

夫婦という一番近い間柄で、本をすすめあう、つまりは自分の世界を相手に知ってもらうというのは、どう考えても危険だ。夫婦だとて別々の人間なんだから、踏み越えてはいけない一線があるはずなのに。

夫婦であろうが、家族も、他人だ。家族や夫婦を同一視するところから、所有欲や支配欲が生まれ、相手の自由な意思を許さないという危険が生まれる。「毒親」「ＤＶ」など、現代の問題で、そこから発生するものは多い。

全く違うところで生きていた他人同士が恋愛感情で結ばれはするが、いつまでも恋愛感情があるわけでもなく、人の気持ちなど容易に変わるので、結婚はギャンブルでしかない。自分と違うものを受け入れ認める寛容さがあればいいが、それができなくてダメになる人たちもたくさんいる。結婚したことにより、憎しみ合う人たちもいる。

だから「読書で相互理解」ができればいいが、今まで知らなかった相手の一面を目の当たりにして、「もうこの人とは、やっていけない！」となる可能性だって大いにある。本当に「読書で離婚」したら、誰が責任とるんだ。

実際に、不穏な記述がときどき本文に現れる。

「ただ、僕の中でこの連載が、『続けるごとにどんどん夫婦仲が悪くなっていく連載』と位置づけられつつあることは確かです。僕の分のエッセイが掲載された日は、明らかに妻の機嫌が悪い。（中略）自分の分が掲載されてから一週間くらいは気が沈み、妙に哀しい気持ちになります」（円城）

「自分は夫のことをどれだけ知っているのか自信がなくなってきました。（中略）この連載で夫婦仲が悪くなっていたことにも気が付いてませんでしたよ」（田辺）

こんな状態をひとつ屋根の下で繰り返しているなんて、考えるだけでもこっちまで胃が痛い。ほら、だから言わんこっちゃない。小説家夫婦なんて、ただでさえめんどくさそうなのに、内面を見せ合い近づけようとするなんて、ロクなことないでしょと言いたくなる。

「こう、だんだんとわかってきたのは、別に夫婦ってお互いに理解しあってなくても平気なのではってことですかね」（円城）

と、後半では、夫が諦めることにより、関係の崩壊を回避しようとしている。妻の夢の中に離婚届の書き方の本まで現れて、「読書で離婚を考えた。」のが、シャレじゃなくなってもいる。

結果として、相互理解どころではない、歩み寄れないまま、この企画は終わる。

結婚て幸せ！　結婚は人生のゴール！　結婚すると何もかもうまくいく！　と信じている人たちにこそ、この本をおすすめする。

読書を通じて、日々のすれ違い、わかりあえなさが露わになりはするが、「わかりあえないけど、一緒にいられる」からこそ、夫婦生活を続けられるのだ。結婚がゴールのはずがない。他人と共存する生活のスタートだ。うまくいかなければ終わりだし、終わらせたほうがいい。うまくいけばもうけもの、ぐらいでいい。

私は昔、自分は不完全な人間で、自分の人生に他人を関わらせるのは不幸だ、だから結婚はしないと思っていたのだが、あるときから、不完全だからこそ他人と一緒に生きていくべきじゃないかと考えるようになった。たとえそれが夫婦という形ではなくても。

他人と人生を共にする「結婚」は、めんどくさいことも多々あるけれど、結婚したからこその変化もあり、ひとりでは見えない景色に遭遇できる。

結婚＝幸せ！　と決め付けられるのは抵抗があるけれど、人生を楽しくする可能性がある選択肢のひとつだというのは確かだと言っておく。

——作家

この作品は二〇一七年六月小社より刊行されたものです。

読書《どくしょ》で離婚《りこん》を考《かんが》えた。

円城塔《えんじょうとう》　田辺青蛙《たなべせいあ》

令和2年2月10日　初版発行

発行人——石原正康
編集人——高部真人
発行所——株式会社幻冬舎
〒151-0051東京都渋谷区千駄ヶ谷4-9-7
電話　03(5411)6222(営業)
03(5411)6211(編集)
振替00120-8-767643
印刷・製本—中央精版印刷株式会社
装丁者——高橋雅之

幻冬舎文庫

ISBN978-4-344-42943-7　C0195　え-13-1

幻冬舎ホームページアドレス　https://www.gentosha.co.jp/
この本に関するご意見・ご感想をメールでお寄せいただく場合は、
comment@gentosha.co.jpまで。